한국어 발음 의
이론 과 실용

한국어 발음의 이론과 실용

부록: 한국어 발음 진단법

이현복 지음

한국학술정보㈜

|머리말

표준말과 표준발음은 원만하고 성공적인 사회생활을 해 나가기 위하여 필요할 뿐 아니라 국가의 언어 정책적인 차원에서도 대단히 중요한 문제이다.

말의 발음이 바르지 않으면 의사소통에 장애가 생길 뿐 아니라 사람의 인품도 손상을 입게 된다. 또한 우리나라에서 정치적, 사회적 문제로 등장하고 있는 지역감정도 흔히 말씨로 촉발되고 악화되는 일이 많으므로 표준발음의 보급은 바로 지역감정의 해소에도 큰 몫을 할 수 있는 것이다.

그러나 우리나라에서는 오늘날 표준발음의 교육과 보급이 잘되고 있지 않으며 표준발음의 중요성에 대한 인식도 대단히 부족한 편이다. 외국어는 표준발음으로 배워야 한다고 하면서 모국어의 표준발음에는 무관심하고 무신경하기 이를 데 없으니 이 얼마나 안타깝고 슬픈 일인가!

이 책은 표준발음의 중요성을 밝히고, 표준발음을 익히려는 이들에게 도움이 되도록 하기 위해 엮은 것이다. 본래 이 책은 대한음성학회에서 해마다 여는 음성학 연수회의 교육자료로 마련되어 1984년 초에 작은 책자로 처음 햇빛을 보았고 그 후 해마다 증보되어 나왔으나, 주로 학회회원을 대상으로 보급이 되었을 뿐이다. 이제 표준발음에 대한 인식과 필요성이 커짐에 따라 이 책을 출판하자는 독자들의 요청이 있어 이를 펴내게 된 것이다.

이 책의 제1편에서는 표준발음의 여러 현상을 음성학적으로 다루고 실제 발음 습득 방법을 상세히 설명한 다음에 많은 연습문제도 제시하였다. 제2편은 한국어 음성 독본으로서 실제 발음되는 대로 한글로 적은 자료이므로, 이를 가지고 훈련하면 처음에는 다소 생소할지 모르나 차차 익숙해지면서 그 가치를 확인하게 되리라고 생각한다.

이 책이 언어학도나 국어학도는 물론이고 한국어의 표준발음을 가르치고 익히려는 각급 학교의 교사와 학생, 각계각층의 국민과 공직자, 언어치료사 그리고 한국말을 배우는 외국인들에게 조금이나마 도움이 된다면 큰 기쁨으로 여기겠다. 이 책은 1989년 초판 이후 여러 차례 출간되었으며 1998년 9월에 개정 1쇄가 발간된바 있다.

2011년 2월
관악산 기슭 연구실에서
이현복

01

한국어의 표준발음

Part **1**

한국어의 표준발음

Ⅰ. 언어의 본질과 기능

인간의 언어, 즉 말은 의사소통의 수단이라고 한다. 인간을 만물의 영장이라고 일컬어 오는 것도 인간은 다른 동물이 갖지 못한 체계적이고 조직적인 언어를 가지고 있어서 일상의 간단한 표현뿐만이 아니라 고차원의 사고도 할 수 있고 높은 문명생활을 할 수 있기 때문이다. 말의 중요성과 필요성을 실감하려면 말이 없는 사회를 상상하면 족하다. 인간은 아침에 눈을 뜨는 순간부터 다시 잠자리에 들기까지 끊임없이 말을 하고, 듣고, 글자를 보고 쓰는 언어생활을 한다. 이것이 바로 정상적인 인간의 생활이다. 그러나 만일 우리 주변에서 갑자기 말과 글이 없어진다면 어찌 될까? 다름 아닌 동물의 세계로 전락하고 말 것이다. 표현의 도구가 없는 그러한 세계는 이미 조직과 체계가 있는 인간사회가 아님은 짐작하기 어렵지 않다. 가까운 예로 언어가 통하지 않는 외국에 갔을 때를 생각해 보아도 말의 필요성과 중요성은 쉽게 알 수 있다. 이렇게 볼 대 언어란 정상적인 인간생활에서 없어서는 안 될 필수적인 문화유산임을 실감할 수 있다.

그러나 한 걸음 더 나아가서 살펴보면 언어는 단순한 의사표현의 도구뿐만은 아니다. 인간은 말을 통해서 사고를 하고 있다. 언어를 떠나서는 명확한 사고를 할 수 없으므로 언어와 사고는 밀접한 관계에 있음을 알 수 있다. 언어와 사고, 즉 말과 생각과의 긴밀한 관계는 서양의 학자들도 예부터 느끼고 있었다. 슐레겔은 "언어란 인간정신을 그대로 본떠 놓은 것"이라고 하였고 라이프니츠는 "언어는 인간 정신의 반영"이라 하였으며 또 헤겔은 "언어는 생각의 몸뚱이"라고 하였다. 언어와 사고의 관계가 이같이 긴밀하고 인간이 언어를 통하여 생각을 할 수 있는 것이므로, 이를 좀 다른 각도에서 보면 언어 자체가 인간의 사고력에 큰 영향을 준다고 볼 수 있다.

즉 올바른 언어의 구사는 명쾌한 사고력을 기르는 데에 큰 구실을 하는 것이다.

또한 말은 인간의 인간성과 됨됨이를 반영한다. 똑같은 내용을 이야기할지라도 사람에 따라서 어휘의 선택이나 발음, 억양 등이 다를 수가 있어서 어떤 이는 자세하게, 어떤 이는 간략하게 또 어떤 사람은 아름답게, 어떤 사람은 거칠게 표현할 수 있는 것이다. 사람마다의 교육이나 교양 그리고 성격에 따라서 말씨와 그 내용은 달라질 수 있으며 그에 따라 각자의 인간성과 인격이 드러나게 된다.

언어는 위에서 말한 바와 같이 단순한 의사소통의 도구일 뿐 아니라 사고 능력과 밀접한 관계가 있으며 또한 사람의 인간성과 인격 및 교양마저 나타내기 때문에 우리의 정신과 인격을 올바르고 깨끗하게 가꾸고 사고력을 기르며, 원활한 언어생활을 해 나가려면 먼저 언어에 대한 인식과 이해를 깊이 하고 언어를 바르고 정확하고 품위 있게 쓰도록 해야 하겠다. 말을 다듬고 가꾸는 언어 순화운동을 하는 것도 바로 이 같은 언어의 본질과 구실을 중요하게 보기 때문이다.

Ⅱ. 한반도의 언어현실과 문제점

오늘날 한반도에서 쓰이는 한국어는 여러 면에서 대단히 혼란된 상태에 있다. 크게 보아서는 분단된 남과 북의 언어의 차이가 그렇고 작게 보아서는 한국 안에서의 언어 역시 질서와 통일과 정돈을 외면하고 이탈과 문란으로 달리고 있어서 우리 겨레의 말과 글의 앞날을 어둡게 하고 있다. 공산 혁명과 사회주의 건설의 주요한 도구로서의 언어의 가치를 일찍이 깨달은 북한에서는 용의주도하고 치밀한 언어 정책을 펴 나갔으며, 그 결과로 남한과 북한에는 언어의 이질화가 심화되었다. 북한에서는 예부터 우리나라의 표준말로 되어 있는 서울 지역의 말을 제쳐 놓고 평양말어 함경도 사투리가 가미된 말을 소위 문화어라 하여 이를 북한뿐 아니라 전 한반도의 표준으로 삼고 있는 것이다. 뿐만 아니라 그들 나름의 철자법을 만들고 사전을 편찬하며 우리에게는 의미와 형태가 생소한 많은 낱말을 만들어서 쓰고 있다.

남북회담 당시에 남북대표가 만나서 회담하는 가운데서 남북의 언어 차이가 심각한 상태에 와 있음을 실감하였다. 만일 남북의 언어가 이같이 서로 다른 방향으로 계속 나간다면 먼 훗날 통일이 되었을 때의 언어 상태가 어찌 되리라는 것은 짐작하기 어렵지 않다.

한편 한국에서는 8·15광복 이후 이렇다 할 뚜렷한 언어 정책이 정부의 차원에서는 없었다고 볼 수 있다. 대부분의 서구 민주사회가 그렇듯이 우리나라에서도 언어에 대한 정부 차원의 강압적인 정책은 없고 다만 학술, 사회단체 주도의 언어 연구와 국어운동이 민주적인 방법으로 이루어져 온 것이다. 그러나 70년 이후 문교부의 주관으로 표준말, 맞춤법, 외래어 표기법, 로마자 표기법 등 어문에 관한 네 가지 중요한 분야에 대한 재검토를 거쳐서 개정안을 낸 것은 혼란한 언어생활에 질서와 통일을 부여하려는 정부 당국의 적극적인 자세라고 풀이되어 크게 환영할 일이다. 분단된 조국의 통일을 앞두고 우리는 한국의 언어를 먼저 통일하고 순화하며 표준화해야 할 것이다. 다시 말하면 남북의 언어 대결에서 우리 언어의 자세가 먼저 가다듬어지지 않고는 이미 그들 나름대로는 정돈되고 통일된 북한과 효율적인 타협을 벌일 수가 없을 것이며 결과적으로 남북의 언어 통일작업에서 우리는 그만큼 불리한 입장에 있게 되리라고 전망할 수 있다.

현재 한국의 언어생활에서 문제점으로 나타나는 것은 발음의 혼란, 글자 생활의 혼란, 무질서한 외래어의 수용으로 인한 어휘체계의 문란, 외래어의 한글 표기 및 로마자 표기법의 혼란, 어법의 혼란 등 여러 가지가 있다. 그중에서도 가장 두드러지게 나타나며 국가적인 차원에서도 가장 염려스러운 것은 지역 방언의 진출 및 난립과 표준말, 표준발음의 퇴조이다. 더구나 우리나라에서 국민총화를 해치는 주요 요인으로 지적되고 있는 지역감정이 지역 방언과 밀접한 관련을 맺고 있으므로 지역감정을 해소하기 위해서는 표준말의 보급이 시급한 상황이나 현실적으로는 표준말의 권위가 약화되고 표준말 교육도 제대로 안 되고 있는 실정이다. 이러한 현상은 청소년의 언어에서도 그대로 나타나기 때문에 만일 표준말과 표준발음의 보급과 정착을 위한 획기적인 대책이 서지 않는 한 언어의 혼란은 계속될 것이며 지역감정 촉발제인 지역 방언 간의 대립도 지속되리라고 예상된다.

이와 같은 오늘날의 상황 아래서 우리나라의 언어생활은 지금 어떠한 상태에 와 있으며, 그 원인과 앞으로의 대책은 무엇인가를 살펴보는 것이 이 글의 목적이다. 여기서는 위에 말한 여러 가지 언어의 혼란 중에서 특히 발음에 관련된 내용만을 다루기로 한다. 발음의 혼란상에 초점을 맞추는 이유는 몇 가지로 나누어 볼 수 있다.

첫째는 발음의 혼란이 극심하여 이에 대한 각성과 시정대책이 시급하기 때문이다.

둘째는 발음의 혼란이 심하여 때로는 의사소통에 지장이 있을 정도임에도 불구하고 이 문제를 소홀히 대해 왔으며 국어학도나 언어학도의 이에 대한 연구가 미미하고 부진하기 때문이다.

셋째는 발음의 혼란은 지역감정과 관계가 깊다는 것을 인식시키고 이 문제의 중요성을 강조하기 위해서이다.

Ⅲ. 우리말 발음의 혼란상

오늘날 우리말 혼란의 요인 중 가장 심각하다고 보는 발음의 혼란
상을 다음에 항목별로 나누어 고찰하기로 한다.

1. 장·단 모음의 혼동

발음의 혼란 중에서도 가장 곤란한 것은 긴소리를 짧은소리로 혼
동하여 잘못 내는 경우이다. 긴소리는 주로 모음에서 나타나며 단모
음과 대립을 보이면서 뜻의 차이를 드러낸다. 예를 들면, '사과(－하
다)'의 '사'는 모음이 길게 나고 '사과'(과일)의 '사'는 모음이 짧게 나
서 두 낱말의 뜻이 구별되는 것이므로 장모음을 짧게 내면 두 낱말의
의미가 구별이 안 된다.

이같이 의미를 구별하는 데 대단히 중요한 모음의 장단을 우리나
라에서는 오늘날 잘 구별하지 않아서 언어생활에 혼란과 무질서를
일으키고 있다. 다음에 흔히 장모음을 단모음으로 잘못 발음하여 뜻
의 혼동을 일으키는 낱말을 더 들어 본다. 장모음이 나는 낱말은 왼
쪽에 단모음이 나는 낱말은 오른쪽에 들었으며, 장모음은 그 음절 다
음에 두 점을 찍어 표시한다.

장모음   **단모음**

말 : (언어)   말(동물)

발 : (－을 치다)   발(－바닥)

살 : (－다)　　　　살(－결)

밤 : (－송이)　　　밤(－낮)

눈 : (－사람)　　　눈(－물)

벌 : (－집)　　　　벌(－받다)

병 : (－원)　　　　병(－마개)

천 : (옷감)　　　　천(－명)

화 : 장(－터)　　　화장(－실)

장 : 수(장군)　　　장수(장수)

기 : 생(－집)　　　기성(－충)

전 : 기(－난로)　　전기(－한)

장 : 사(－지내다)　장사(－하다)

차 : 관(－을 얻다)　차관(장관)

선 : 수(운동)　　　선수(－치다)

감 : 사(－하다)　　감사(－원)

과 : 장(－하다)　　과장(－님)

시 : 계(－가 넓다)　시계(－를 차다)

　위의 예는 긴소리와 짧은소리를 구별하지 못하면 뜻의 혼란이 빚어지는 것이다. 이 밖에도 흔히 단모음으로 잘못 발음하는 장모음의 예를 다음에서 볼 수 있다. 이 낱말들은 일상생활에서 자주 쓰는 말이므로 바르게 내도록 특히 유의해야 한다.

낭 : 비,　　　　제 : 사,　　　　사 : 지,

고 : 장,　　　　전 : 화,　　　　소 : 대(－장),

쇠 : 고기,   도 : 덕,   헌 : 법,

강 : 도,   현 : 대,   타 : 자기,

난 : 방,   수 : 박,   안 : 경,

성 : 경,   화 : 장(-님),   교 : 육(-자),

전 : 철,   선 : 거,   설 : 날,

퇴 : 직(-금),   계 : 절풍,   해 : 상,

연 : 습,   침 : 대,   조 : 건

2. 리듬의 혼란

위에서 말한 긴소리와 짧은소리의 혼동은 모음의 길이 자체의 혼동으로 끝나는 것이 아니고 우리말의 리듬까지 혼란으로 몰고 간다. 말의 리듬이란 음절의 장단으로 엮이는 것이고, 긴 음절은 주로 그 안에 들어 있는 장모음 때문에 길게 나는 것이므로, 장모음이 들어 있는 낱말은 그 장모음이 나타나는 음절을 중심으로 한 특유의 리듬을 형성한다.

2.1. 땅디디 리듬

먼저 흔히 쓰이는 리듬의 유형을 소개한다.

'쇠 : 고기', '사 : 람들', '타 : 자기'

와 같이 첫음절에 장모음이 들어 있는 낱말은 표준발음에서 그 다

음 절보다 길게 발음되어 다음의 리듬패턴으로 나타난다.

● · ·

장 단 단

이를 음악의 길이표로 표시하면

♪ ♪ ♪

강약약

으로 나타나 첫 음절이 제일 길고 다음 음절이, 제일 짧으며, 세 번째 음절이 첫 음절보다 짧음을 알 수 있다.

이 같은 리듬을 '땅디디'라고 부르기로 한다. '땅'은 길고 셈을 뜻하고 '디'는 짧고 여림을 뜻한다.

또한 이때의 장단 음절은 강약에 차이가 나타나서 긴 첫 음절은 강하게 발음되고 그 다음 음절들은 약하게 나타난다. 이와 같이 장단과 강약으로 엮이는 리듬 패턴은 우러나라 표준발음의 특징인 동시에 의미의 올바른 전달에도 필수적이므로 표준말 사용자는 이를 반드시 지켜야 한다.

2.2. 디땅디 리듬

한편 이와는 다른 유형의 리듬도 우리말에 쓰이고 있다. 가령 '화장실', '기자실', '자전거' 따위의 낱말에 쓰이는 리듬을 살펴보면

♪ ♪ ♪

약강약

으로 되어 첫 음절이 짧고 둘째 음절이 길며, 셋째 음절이 두 번째

로 짧음을 알 수 있다. 그리고 강약의 관계는 첫째가 약하고 둘째 음절이 강하며 셋째 음절이 다시 약하게 난다. 이 같은 리듬을 '디땅디'라고 부르기로 한다.

'화장실', '기자실', '자전거'와 같은 말은 둘째 음절에 장모음(음운론적으로)이 들어 있지 않음에도 불구하고 실제 발음에서 길고 강하게 소리 남은 주목할 일이다.

지금까지 기술한 두 가지 리듬 형태는 비단 3음절 낱말뿐만이 아니고 2음절이나 4음절 낱말에서도 흔히 쓰이는 기본 패턴이며 우리말의 낱말이 대부분 이 두 가지 리듬 중 어느 하나에 얹혀서 발음하게 되어 있다. 그리고 원칙적으로 낱말마다 리듬 패턴이 정해져 있어서 패턴을 무시하고 다른 리듬으로 발음을 하면, 즉시 사투리 발음의 냄새가 날 수도 있고, 심하면 의미의 전달에 치명적인 혼란을 가져올 수가 있다.

2.3. 땅디디 리듬과 디땅디 리듬의 혼란

그런데 오늘날 우리나라의 언어 현황을 살펴보면 이러한 리듬의 오류가 많다. 특히 첫 음절의 장모음을 짧게 발음하는 데서 오는 전체적인 리듬의 혼란이 심하게 드러난다. 가령 위에 든

'쇠 : 고기',　　　　'사 : 람들',　　　　'타 : 자기'나
'고 : 장',　　　　　'시 : 장',　　　　　'수 : 박',
'교 : 육(－자)',　'전 : 화',　　　　　'전 : 기',
'전 : 철',　　　　　'선 : 거'

와 같이 첫 음절을 길고 강하게 발음해야 할 말들을 모두 첫 음절을 짧게 하고, 오히려 둘째 음절을 길게 소리 내어 리듬의 패턴이 정반대로 나타나는 일이 많다. 다시 말하면

♪ ♪(♪)

리듬으로 내야 할 것을

♪ ♪(♪)

와 같이 반대의 리듬으로 발음한다. 즉 '땅디디'가 '디땅디'가 된 것이다. 이러한 잘못된 발음을 할 경우, 때로는 심각한 의미상의 혼란을 가져온다. 예를 들면 길게 나야 할 첫 음절을 짧게 발음하면 다음과 같은 낱말들은(왼쪽) 첫 음절이 원래 짧게 나야 하는 낱말(오른쪽)과 뜻의 혼동을 일으킨다.

긴 음절　　　　　**짧은 음절**

시 : 장(ㅡ님)　　　시장(ㅡ하다)

사 : 과(ㅡ하다)　　사과(ㅡ과일)

모 : 자(ㅡ관계)　　모자(ㅡ쓰다)

과 : 장(ㅡ하다)　　과장(ㅡ님)

이상과 같이 장·단모음의 대립으로 이루어지는 낱말의 짝들이 리듬의 잘못으로 오해를 일으키는 경우 이외에도 일상 흔히 잘못 발음하는 말에는

감사합니다 / 가암사함니다

고맙습니다 / 고오맙씀니다

전홥니다 / 저언홤니다

죄송해요 / 줴에송해애요

따위가 있다. 이들은 모두 첫 음절에 장모음이 있는 낱말이므로 표준발음으로는 당연히 장—단—단—단(—단)과 강—약—약—약(—약)의 리듬 패턴으로 소리 내야 하나, 반대로 단—장—단—단(—단)과 약—강—약—약(—약)의 리듬 패턴으로 잘못 발음하는 일이 많다. 더구나 '감사합니다'와 '전홥니다'라는 말은 실제 말에서 /감삽니다/와 /전함니다/로 소리 나기 때문에 자칫 '(회사의) 감사입니다'와 '(소식을) 전합니다'로 들리기 쉽다.

2.4. 한국어의 리듬 규칙

그러면 우리말의 리듬 패턴을 어떻게 올바르게 발음할 수 있을까! 낱말마다의 고유한 리듬을 알 수 있는 방법은 없는가? 다행히도 우리나라 표준말의 리듬 패턴은 거의 자동적으로 예측할 수 있는 성질의 것이어서, 조금만 주의를 하고 훈련을 하면 올바른 리듬을 살려 표준발음을 할 수 있다. 국어 리듬의 원칙을 간추려 소개하면 다음과 같다(더욱 자세한 내용은 X장 참조).

(') 표가 앞에 붙은 음절은 강하고 길다는 표시이다.

가) 첫 음절에 장모음이 들어 있는 낱말은 첫 음절이 길고 강하게 나며 그 다음 음절들은 짧고 약하게 발음된다.

<보기>

ˈ장 : 교,	ˈ이 : 장,	ˈ시 : 장,
ˈ침 : 대,	ˈ사 : 십,	ˈ스 : 대장,
ˈ장 : 관,	ˈ전 : 화,	ˈ연 : 구소,
ˈ선 : 수단,	ˈ대 : 통령	

낱말의 첫 음절 모음의 길고 짧음은 사전에서 별도로 익히지 않으면 안 된다.

나) 첫 음절의 모음이 길지 않아도 그 음절이 자음으로 끝나고 그 다음 음절이 다시 자음으로 시작되면 역시 첫 음절 전체가 길고 강하게 난다.

<보기>

ˈ상가,	ˈ정치(－인),	ˈ반상회,
ˈ동그라미,	ˈ영국인,	ˈ금반지,
ˈ불교,	ˈ민주당,	ˈ상속제

다만 첫 음절 끝 자음이 /ㄹ/, /ㅁ/, /ㄴ/, /ㅇ/으로 끝나고 그 다음 음절의 첫 자음이 /ㅎ/로 시작되면 둘째 음절이 강하고 길게 난다.

<보기>

철 ˈ학,	김 ˈ해,	문 ˈ학,
방 ˈ학,	상 ˈ환,	실 ˈ학,

점 |화,   신 |호,   창 |호지

다) 그 밖의 경우에는 모두 낱말의 둘째 음절이 강하고 길게 난다.

〈보기〉
이 |야기,   치 |아,   기 |차,
무 |지개,   시 |간차,   자 |동차,
사 |장님,   음 |악,   철 |원군,
기 |독교,   방 |아쇠,   발 |음,
믿 |음,   산 |에서,   군 |인

2.5. 표준말과 방언의 리듬 차이

위에서 소개한 세 가지 규칙을 적용하면 대부분 낱말의 리듬을 바르게 발음할 수 있다. 소리의 장단과 리듬은 방언에 따라 차이가 난다. 지금까지 위에서 설명한 리듬의 규칙은 모두 서울 지역을 중심한 우리나라 표준말에 해당하는 것이다. 가령 경상도나 평안도 말에서는 표준말에서와 같이 소리의 장단이 뚜렷하지 않으며, 따라서 낱말 전체의 리듬 패턴도 서울말과는 많이 다르다. 가령 표준말에서 첫 음절의 모음이 길게 나는

‘사 : 람’, ‘전 : 화’, ‘선 : 거’, ‘시 : 장’

따위의 말을 경상도에서는 짧게 발음하므로 리듬도 결국 달라지며

‘은행’, ‘결혼’, ‘영향’

같은 말을 표준발음으로는 둘째 음절을 길고 강하게 소리 내지만,

경상도 말로는

 ┤언냉, ┤겔론, ┤영냥

으로 발음하며 동시에 리듬도 달라져서 다음과 같이 첫째 음절이
길고 강하게 난다.

〈표준말〉	〈경상도말〉
은 ┤행	/ ┤언 냉/
결 ┤혼	/ ┤겔 론/
영 ┤향	/ ┤영 냥/

그러므로 소리의 장단과 리듬의 차이는 표준말과 사투리를 판별하
는 척도가 됨을 알 수 있다.

3. 모음 /애/와 /에/의 혼동

국어의 모음 /애/와 /에/는 아주 다른 별개의 소리로서 이들을 혼동
하면 의미의 오해가 생길 수 있는 위험이 있다.

그런데 오늘날 우리나라에서는 이 두 모음이 잘 구별이 안 되고 있
다. 구별이 안 되는 이유는 반개모음인 /애/를 반 닫힌 모음인 /에/로
발음하기 때문이다. 즉 두 모음을 모두 반 닫힌 모음 /에/로 낸다. 이
러한 잘못된 발음으로

'게'와 '개', '베'와 '배', '네게'와 '내게', '베다'와 '배다', '네 것'과
'내 것'

따위의 낱말들은 제대로 구별이 안 되고 뜻의 혼동이 일어나는 일

이 흔히 생긴다. 그 밖에도 흔히 쓰이는 말인

　‘왜’, ‘그래’, ‘새 옷’, ‘새해’, ‘대개’

　같은 낱말을 모두 /에/ 모음으로 발음하여

　/웨/, /그레/, /세 옷/, /데게/

　로 잘못 내는 일이 많다.

　청소년층의 /애/를 /에/로 내는 경향은 외국어 또는 외래어를 발음할 때에도 나타난다. 가령 영어의 ‘family’라는 낱말은 첫 음절이 /æ/로 나므로 우리말의 모음 /애/에 가까운 소리이다. 따라서 한글로 적을 때는 ‘패밀리’로 적는 것이 영어 원음에도 가까울 것이나, 보통 청소년층에서는 /훼밀리/로 발음하며, 심지어는 상업광고에서조차 이같이 그릇되게 소리를 내어 일반에게 보급, 정착시키고 말았다.

　이에 반해 근래에는 반 닫힌 음인 /에/를 오히려 반개모음인 /애/로 내는 현상도 있다. 보기를 들면 /계산서/를 /개산서/로 발음하는 일이 있다.

　이 역시 옳지 않은 발음 습관이다.

4. 긴 /어 : /와 짧은 /어/

　표준발음에서는 /어/ 모음이 길게 날 때와 짧게 날 때가 있고 길게 날 때의 소릿값과 짧게 날 때의 소릿값에 차이가 있다. 즉 모음의 위치를 나타내는 다음의 모음 사각도에서 볼 수 있듯이 긴 /어 : /는 가운데 혓소리에 가까운 모음, 다시 말하면 중설 모음의 일종이며 짧은 /어/는 뒤 혀의 위치가 더 낮은 후설 모음으로 난다(모음 사각도 참조). 이를 국제음성기호로 적으면 긴 /어 : /는 [ə :]로, 짧은 /어/는 [ʌ]로 나타낼 수 있다. 긴 /어 : /는 '설 : 날', '헌 : 법', '선 : 거', '전 : 기', '전 : 화', '적 : 은', '연 : 구', '없 : 다' 따위의 첫 음절에서 나는 모음이며, 짧은 /어/는 '업다', '번개', '정신', '정치', '적당', '걱정', '성장' 따위의 첫 음절에서 난다.

그런데 요즘에는 긴 /어 : /와 짧은 /어/의 구별을 하지 않고 긴 /어 : /도 모두 짧은 /어/와 같이 소리 내는 일이 흔하다. 즉 긴 /어 : /를 길이도 짧게 내고 소릿값도 낮은 후설 모음으로 발음한다. 다른 모음은 길게 날 때와 짧게 날 때의 소릿값이 차이가 별로 크지 않았으나 /어/ 모음은 장단에 따른 소릿값의 차이가 유난히 두드러지게 나타나므로 특기할 필요가 있다. 음가의 차이가 두드러진 만큼 이를 잘못 발음했을 때의 오류도 유난히 돋들린다. 긴 /어 : /와 짧은 /어/를 혼동하면 다음과 같은 말이 뜻의 혼란을 일으킨다.

긴 /어 : /	짧은 /어/
벌 : (－이 쏘다)	벌(－받다)
병 : (－원)	병(－마개)
없 : 다	업다(아이를)
적 : (조금)	적다(쓰다)
석 : 자(세 글자/길이)	섞자(혼합)
선 : 수(－단)	선수(－치다)

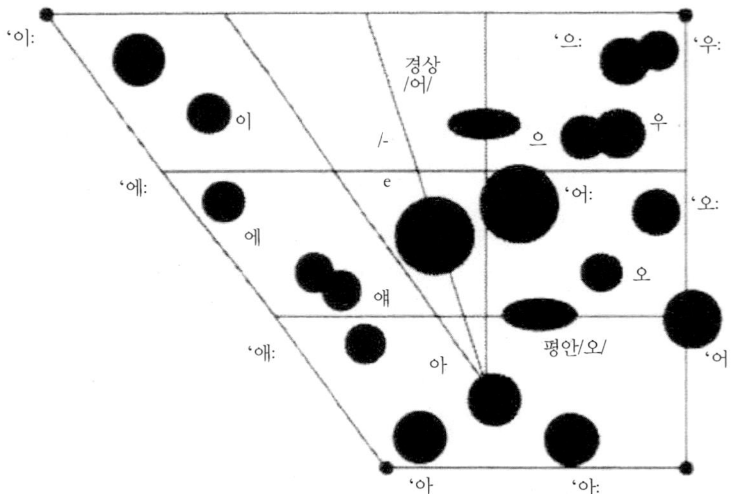

모음 사각도상의 한국어 음가

경상, 전라 방언을 비롯한 여러 사투리 발음에서는 표준말에서와 같은 긴 /어 : /와 짧은 /어/의 음가 및 길이의 차이가 잘 구별되지 않는다. 그러므로 이러한 방언 사용자들은 /어/ 모음의 장단과 소릿값에 대한 의식부터가 흐리기 때문에 듣기와 소리 내기에 관한 특별한 훈련이 없으면 그 차이를 구별하여 듣고 발음하는 데 많은 어려움을 겪게 된다.

5. 짧은 /어/와 /으/의 혼동

표준말에는 단모음 /어/와 /으/의 구별이 뚜렷하다. 이들은 음성학적으로 혀의 위치가 달라서 /어/는 혀가 반 열린 위치에서 나고, /의/

는 혀가 닫힌 위치에서 발음되는 것이며, 청각적인 소릿값도 아주 다르다. 즉 이들은 서로 다른 별개의 음소로서 '덕'과 '득', '턱'과 '특', '엄정'과 '음정' 같은 낱말의 짝은 순전히 /어/와 /으/ 모음의 차이로 구별이 된다.

그런데 일부에서는 이 두 모음을 구별하지 않고 서울말의 짧은 /어/보다 중앙화되고 높은 모음으로 동일하게 내므로 혼란을 일으키고 있다. 이는 주로 경상 방언에서 연유하는 현상인바, 예를 들면 다음과 같다. 여기서 문제의 공통 음가는 편의상 /으/로 적는다(모음 사각도의 '경상 /어/' 참조).

〈맞춤법〉	〈표준〉	〈비표준〉
정정	/정정/	/증정/
증정	/증정/	/정정/
성공	/성공/	/승공/
승공	/승공/	/성공/
적시	/적시/	/즉시/
즉시	/즉시/	/적시/
널	/널/	/늘/
늘	/늘/	/널/
척	/척/	/측/
측	/측/	/척/
정강	/정강/	/증강/
증강	/증강/	/정강/
털	/털/	/틀/

틀	/틀/	/털/
성명	/성명/	/승명/
승명	/승명/	/성명/

위에서 볼 수 있듯이 별개의 음소인 /어/와 /의/를 구별하지 않고 하나로 묶어 쓰는 데서 오는 의미의 혼동이 /정정/과 /증정/, /성공/과 /승공/ 따위에서 잘 드러난다.

뿐만 아니라 사람의 이름에서도 '명석', '윤석' 따위를 /명슥/, /윤슥/으로 잘못 발음하면 남자를 여자로 착각하기 쉽다.

6. 된소리의 지나침

우리나라 말에는 된소리 계열의 소리가 있다. 파열음의 /ㄲ, ㄸ, ㅃ/과 파찰음의 /ㅉ/ 그리고 마찰음의 /ㅆ/이 그것이다. 이 된소리들은 예사소리인 /ㄱ, ㄷ, ㅂ, ㅈ, ㅅ/와 거센소리인 /ㅋ, ㅌ, ㅍ, ㅊ/와 더불어 한국어에서 없어서는 안 될 중요한 소리이다. 가령 아래의 보기에서 낱말들은 순전히 첫 소리가 보통소리냐 거센소리냐, 아니면 된소리냐에 따라 의미가 결정되고 말기 때문에 세 가지 소리의 대립 관계가 중요하게 작용을 한다.

〈보기〉

| 〈보통소리〉 | 〈거센소리〉 | 〈된소리〉 |
| 갈(-대) | 칼 | 깔(-개) |

달	탈	딸
발	팔	빨(ㅡ래)
자(ㅡ다)	차(ㅡ다)	짜(ㅡ다)
살		쌀

　대부분 서양말이나 또는 우리 주변의 일본말과 중국말이 모두 /P/와 /b/, /t/와 /d/, /k/와 /g/와 같이 동일 위치에서 발음되는 자음이 2중 대립을 보이는 데 비해서 한국어는 예사소리, 거센소리, 된소리의 3중 대립을 보여 특이하기 때문에 세계의 여러 음성학자나 언어학자가 특별한 관심을 가지고 있으며, 한국어의 한 가지 특징으로 예시되곤 한다. 한국어의 보통소리 /ㅂ, ㄷ, ㄱ, ㅅ, ㅈ/와 된소리 /ㅃ, ㄸ, ㄲ, ㅆ, ㅉ/의 구별은 서양인에게 아주 어려운 일이어서 한국어를 배울 때에 대단히 고통을 당하는 소리이다.

　그리고 우리말의 된소리는 예사소리에 비해 목과 혀를 비롯한 발음기관에 긴장이 들어 있는 소리이므로 발음하기가 어려운 편이며, 청각적으로도 딱딱하고 거친 인상을 주는 것이 사실이다. 그런데 요즘에는 된소리를 쓸 필요가 없는 말에도 일부러 쓰는 경향이 있다. 다시 말하면 예사소리로 원래 쓰게 되어 있고 표준말 쓰는 이들이 예사소리로 줄곧 발음하는 낱말을 되게 소리 내는 습성이 강한 것이다. 예를 들면 다음과 같다.

/가짜/ → /까짜/	/조금/ → /쪼끔/
/집게/ → /찝게/	/가득/ → /까뜩/
/새것/ → /쌔것/	/돼지/ → /뙈지/

/공짜/ → /꽁짜/   /베껴/ → /삐껴/

/새끼/ → /쌔끼/   /색깔/ → /쌕깔/

/소주/ → /쏘주/   /아주/ → /아쭈/

          /쐬주/

위에서 든 예사소리 자음과 된소리 자음의 대립은 /갈/과 /칼/, /달/
과 /탈/에서 볼 수 있는 근본적인 의미의 분화를 해 내는 것이 아니고
보통소리로 전달되는 기본 의미를 된소리로 씀으로써 뉘앙스를 약간
바꾸어 주는 구실을 한다.

그러나 여기서 비롯되는 된소리 낱말은 그 소리와 의미가 거칠고
극단적이어서 저속한 냄새까지 띠게 되므로 저항감을 느끼게 된다.

7. 이중모음의 단순모음 되기

우리말에는 모음에 단순모음과 이중모음이 있다. 단순모음은 모음
을 낼 때 처음과 끝의 소릿값에 변화가 없는 모음이고 이중모음은 변
화가 있다.

예를 들면, /이/, /아/, /어/ 같은 모음은 소릿값의 변화가 없으니 단
순모음이고 /웨/, /와/, /야/ 같은 것은 처음과 끝의 음가가 다르니 이중
모음이다. 그런데 요즘에는 이 두 가지 모음의 구별이 잘 안 되는 일
이 많다. 그 이유는 이중모음을 모두 단순모음으로 발음하기 때문이
다. 가령

/과자/ → /가자/   /야광/ → /야강/

/과장님/ → /가장님/   /쏴라/ → /싸라/

/되지/ → /데지/   /죄짓다/ → /제짓다/

/사과/ → /사가/   /환갑/ → /한갑/

/권리/ → /건리/   /홋집/ → /헷집/

위에 든 예는 모두가 /w/와 단순모음이 결합해서 이루어진 이중모음으로서 이 중에 /과자/와 /가자/, /쏴라/와 /싸라/, /사과/와 /사가/, /환갑/과 /한갑/ 따위는 앞의 말을 /w/ 이중모음으로 발음하지 않으면 뒤의 말과 뜻이 혼동되고 만다. 또 다른 이중모음은 /j/와 단순모음이 결합하여 이루는 것인데, 이 중에는 특히 /여[jʌ]/를 /에[e]/로 내는 경향이 뚜렷하다. 예를 들면

/결론/ → /겔론/   /명칭/ → /멩칭/

/혁명/ → /혁멩/   /겹겹이/ → /겝겝이/

/평평한/ → /펭펭한/   /격변하는/ → /객벤하는/

/병명/ → /벵멩/   /가격/ → /가객/

/결혼/ → /겔론/

등이다. 또한 이중모음 /의/가 낱말의 첫 소리로 날 때에 표준말에서는 그대로 이중모음으로 발음되나 일부에서는 이를 단순모음 /이/로 내는 일이 있다.

〈보기〉

의사 → /이사/, 의자 → /이자/, 의장 → /이장/,

의형제→/이형제/, 의도→/이도/

위에서 /의/를 이중모음으로 발음하지 않고 단순모음 /이/로 내면, 원래부터 단순모음 /이/를 가진 낱말과 의미의 혼동이 일어나게 되므로 이는 중대한 발음의 오류라고 본다. 다만 낱말의 첫 자리 이외의 위치에 오는 /의/는 표준발음에서도 /이/로 나며 또한 토씨의 /의/는 대체로 /에/로 남도 주의할 필요가 있다.

〈보기〉

민주주의 → /민주주이/	정의로운 → /정이로운/
경의를 → /경이를/	상의하다 → /상이하다/
편의상 → /편이상/	희망과 희생 → /히망과 히생/
무늬 → /무니/	나의 집 → /나에 집/
서울의 찬가→ /서울에 찬가/	

또한 토씨의 /의/를 표준발음으로는 /에/로 내나 일부 사투리에서는 이를 단모음 /으/로 내는 일이 많다.

〈맞춤법〉	〈표준〉	〈비표준〉
나의 집	/나에 집/	/나으 집/
서울의 봄	/서우레 봄/	/서우르 봄/
정책의 방향	/정채게 방향/	/정채그 방향/
애국의 길	/애구게 길/	/애구그 길/

지금까지 위에서 기술한 /w/ 이중모음의 단순모음화 현상, 이중모

음 /여/[jʌ]의 /에/[e] 단순모음화 현상과 낱말 첫 자리에서 나는 /의/의 /이/ 모음화 현상 및 토씨 /의/의 /으/ 모음화 현상은 모두가 원래 경상도 방언에서 주로 나타나는 현상이나, 오늘날 서울 지역에서도 흔히 들을 수 있는 발음이다. 이러한 비표준적인 발음은 조금만 주의를 하면 쉽사리 고칠 수 있는 성질의 문제임에도 불구하고 학교 교육부터가 표준말 교육 및 언어순화 교육에 흔을 제대로 쓰지 않기 때문에 빚어진 결과이다.

8. 그 밖의 혼란스런 발음들

위에 말한 비표준적인 발음 이외에도 여러 가지 혼란스럽고 통일성이 없는 발음 문제들이 있다. 이를 간추리면 다음과 같다.

가) 거센소리를 예사소리로

〈맞춤법〉	〈표준〉	〈비표준〉
앞으로	아프로	아브로
깊어서	기퍼서	기버서
싫어도	시퍼도	시버도
깨끗해	깨끄태	깨끄대
족하다	조카다	조가다
속하다	소카다	소가다
박하다	바카다	바가다

욕해줘   요캐줘   요개줘

위의 비표준발음은 전라 방언과 평안 방언 및 일부 충청 방언에서
연유하는 일이 많다.

나) 받침 자음의 중복

〈맞춤법〉   〈표준〉   〈비표준〉
결혼   결혼   결론, 겔론
은행   은행   언냉
영양   영양   영냥
강한   강한   강안
반하다   반하다   반나다
만화   만화   만나
심한   심한   심만
산학   산학   산낙
분야   부냐   분냐

이 같은 받침 자음의 중복현상은 주로 경상 방언에서 연유한다.

다) 겹받침 발음의 혼란

〈맞춤법〉   〈표준〉   〈비표준〉
읽다가   익다가   일다가

맑다　　　　　막다　　　　　맏다
늙도록　　　　늑도록　　　　늘도록
읊다가　　　　읖다가　　　　을다가
값어치　　　　가버치　　　　갑서치
몫이　　　　　목시　　　　　모기
넋이　　　　　넉시　　　　　너기

　위에서 보듯이 겹받침이 자음 앞에 올 때에는 두 자음이 다 발음될 때와 그중 하나만이 발음되는 두 가지 경우로 나뉘고 통일성이 없다. 이 문제 역시 방언의 배경이 크게 작용한다.

　라) 된소리 안 되기

　또 하나만이 발음될 때도 어느 쪽이냐가 달라서 표준발음에서 당연히 된소리로 소리 남에도 불구하고 예사소리로 내는 일이 많다. 이것도 경상도 방언에서 연유하는 현상이나 서울지역에서도 요즘 흔히 들을 수 있는 발음이다.

〈맞춤법〉　　　〈표준〉　　　　〈비표준〉
박사　　　　　박싸　　　　　박사
설사　　　　　설싸　　　　　설사
약속　　　　　약쏙　　　　　약속
답신　　　　　답씬　　　　　답신
산속에서　　　산쏘게서　　　산소게서

막다가	막따가	막다가
갑자기	갑짜기	갑자기
섣달	섣딸	섣달
삽살개	삽쌀개	삽살개
갈수록	갈쑤록	갈수록

그러나 다음과 같은 경우에는 서울지역의 표준말에서 된소리가 되지 않고 오히려 그대로 보통소리로 남아 있다.

〈맞춤법〉	〈표준〉
서울서	서울서
인천서	인천서
시골서	시골서

마) 단순모음의 이중모음 되기

표준말에서 단순모음으로 발음되는 일부 낱말이 /w/를 앞에 더해 이중모음으로 나는 일이 있다. 전라, 충청, 평안의 일부 방언에서 두드러진다.

〈맞춤법〉	〈표준〉	〈비표준〉
언제	언제	원제
어디로	어디로	워디로

또한 표준발음의 /애/가 이중모음 /여/ 또는 모음의 연속인 /이어/로 나는 일이 있는데, 이 역시 충청과 전라 방언에서 연유한 현상이다.

〈맞춤법〉	〈표준〉	〈비표준〉
그래	그래	그려, 그리어
해봐	해봐	혀봐, 히어봐
뭘해	뭘해	뭘혀, 뭘히어
어때	어때	어뗘, 어띠어

바) 이중모음의 단순모음 되기

표준발음에서 /위/, /외/는 이중모음 /ᵼi/, /we/로 발음되는 것이 일반적인 추세이다. 이를 일부에서는 전설단순모음 /y/(불란서말의 lune[lyn], 독일말의 grün[gryn]에서 남), /ø/(불란서달의 fameux[famø], 독일말의 hören[høren]에서 남)로 나는 일이 있다. 이는 주로 전라와 황해, 평안 방언에서 연유하는 현상이다.

또한 서울, 경기지역의 일부 노년층은 아직도 /위/, /외/를 단순모음으로 발음하는 일이 있다.

〈맞춤법〉	〈표준〉	〈비표준〉
위	wi	y
귀신	gwisin[gyi─]	gysin
휘발유	hwiballju[hyi─]	hyballju
외국	wegug	øgug

| 된다 | dwenda | dønda |
| 회사 | hwesa | høsa |

사) 모음 /어/와 /으/의 원순화

표준말에서는 모음 /어/와 /으/가 입술을 평평하게 한 채로 내는 평순모음이나 일부에서는 입술을 둥글게 하여 원순모음으로 발음하는 일이 있다. 이는 주로 평안 방언에서 연유하는 현상인데, 이렇게 되면 원래 원순모음인 /오/, /우/와 혼동이 일어날 수 있다. 평안 방언의 /오/는 표준말의 /오/보다 하위치가 더 낮고 입이 열려 있다.

〈맞춤법〉	〈표준〉	〈비표준〉
어머니	어머니	오모니
거리	거리	고리
거저	거저	고조
그림	그림	구림
흐리다	흐리다	후리다
슬그머니	슬그머니	술구머니

아) 모음 /에/의 열림

앞에서 모음 /에/와 /애/가 일부 사람들 사이에서 구별 없이 /에/로 나기 때문에 의미에 혼동을 주고 있음을 지적하였다. 이와는 별도로 일부에서는 /에/를 오히려 열린 모음 /애/로 내는 일이 있는데 이는 주로 평안과 일부 경상 방언에서 나타나는 현상이다.

〈맞춤법〉	〈표준〉	〈비표준〉
외국	웨국	왜국
외상	웨상	왜상
죄인	줴인	좨인
되었다	뒈었다	돼었다
최씨	췌씨	쵀씨
괴물	궤물	괘물
세계	세게	새개
네 개	네 개	내 개

위에서 /w/가 들어 있는 이중모음의 예는 평안 방언에서 연유하고, 마지막의 두 예는 경상 방언에서 연유한다.

자) 모음 /에/와 /이/의 혼동

표준발음 /에/를 /이/로 발음하는 경향이 있는데 이는 주로 전라와 충청 방언에서 연유하는 현상이다.

〈맞춤법〉	〈표준〉	〈비표준〉
하는데	하는데	하는디
그런데	그런데	그런디
언젠데	언젠데	원젠디

차) 모음 /오/와 /우/의 혼동

표준발음 /오/를 /우/로 내는 일이 있는바, 이는 역시 전라, 충청 일
부 방언의 영향이다. 아래 예에서 보듯이 이러한 현상은 주로 토씨어
미 /요/에서 나타난다.

〈맞춤법〉	〈표준〉	〈비표준〉
그래요	그래요	그래유
왜요	왜요	왜유
했어요	했어요	했어유
몰랐어요	몰랐어요	몰랐어유

카) 모음 /아/와 /오/의 혼동

표준말에서 /아/로 나는 낱말이 일부에서 /오/(정밀 음가표기로는
국제음성학협회의 [ɔ] 기호가 적합함)로 발음되는 일이 있는데, 이는
주로 전라와 경상 및 제주 방언에서 연유한다.

〈맞춤법〉	〈표준〉	〈비표준〉
파리	파리	포리
애 낳다	애 낳다	애 놓다
닭	닥	독

지금까지 위에서 우리나라의 언어에서 드러나는 발음의 혼란상을

유형별로 살펴보았다. 상당 부분은 방언적인 요소로 설명할 수 있는 것이나, 그 외에 세대의 차이에서 오는 것도 있음을 알 수 있다. 서울을 중심으로 전통적인 표준말 지역의 표준말 사용자들이라도 세대에 따른 발음의 차이를 보이고 있기 때문이다. 예를 들어, 긴 /어 : /와 짧은 /어/의 혼동이나, 기타 모음의 장단 혼동 그리고 모음 /애/와 /에/의 음가 혼동 등은 바로 청소년층의 말에서 잘 드러나는, 이른바 세대의 차이에 따라 나타나는 발음의 혼란으로 분류할 수 있을 것이다. 이러한 발음상의 혼란은 표준말 지역 출신의 40대 이상의 연령층에서는 거의 찾아볼 수 없으며, 젊은 세대일수록 발음의 혼란은 더욱 심하다고 할 수 있다. 한편 방언 사용자는 별도의 특별한 교육과 훈련이 없는 한, 나이에 관계없이 표준발음과 거리가 먼 말씨를 지니고 있다고 말할 수 있다.

Ⅳ. 발음 혼란의 원인

지금까지 제Ⅲ장에서 우리나라 발음의 혼란상을 여러 항목별로 살펴보았다. 이제 그러한 혼란의 원인과 그에 대한 적절한 대책이 무엇인가를 검토하여 본다.

1. 글말 중심의 국어교육

앞에서 지적하였듯이 오늘날 청소년 언어의 혼란 중에서도 가장 두드러진 것은 발음의 혼란이었다. 그런데 이 같은 발음의 무질서와 혼란은 바로 글말을 중심으로 한 학교의 국어 교육에서 가장 큰 원인을 찾을 수 있다. 원래 말은 입으로 소리 내어 귀로 듣는 소리말(spoken language)과 눈으로 보는 글자 중심의 글말(written language)로 나뉜다. 그런데 역사적으로 보나 사용량으로 보나 또는 언어 습득의 순서로 보나 소리말은 글말에 우선한다.

그럼에도 불구하고 우리나라의 국어 교육은 소리말을 제쳐 놓고 글말에만 역점을 두는 경향이 강하였으며 근래에 들어와 더욱 그러하다. 언어의 일차 형태인 소리말보다 글말 교육에 힘을 쓰는 이유는 여러 가지 있겠으나, 그중에서도 입학시험 위주의 국어 교육을 하기 때문에 그렇게 되었다고 볼 수 있다. 과밀 학급에서 입시준비 위주의 공부를 하게 되니 소리말에 힘쓸 여유와 환경이 안 되는 것이리라.

소리말에 대한 교육을 소홀히 한 결과는 바로 발음의 혼란으로 직결된다. 낱말의 맞춤법이나 뜻풀이 및 독해에 신경을 쓸 뿐 정확한 표준발음이나 리듬 패턴에 무관심하므로 발음의 표준화가 이루어질 수 없는 것이다. 세대 간의 발음 차이가 있고, 사투리 발음이 분별없이 난무하는 것은 바로 소리말 교육, 다시 말하면 표준발음을 중심한 음성 교육을 정상적으로 하지 못했기 대문이다.

여기서 잠깐 외국의 언어교육 실태를 살필 필요가 있다. 우선 불란서, 영국, 독일 등 서양 여러 나라에서는 글말 못지않게 소리말 교육의 필요성을 알고 여기에 큰 비중을 두고 있다. 정확한 표준발음과 고운 말씨를 바로 국민 교육의 기본 요건으로 보고 초등학교 저학년에서부터 철저한 발음 교육을 시킨다. 이웃나라 일본만 하더라도 학교에서의 음성 교육은 물론이고 심지어는 라디오방송 프로에서도 표준발음 교육을 따로 실시할 정도이다.

2. 지역 방언의 진출 대립과 표준말의 격하

나라마다 표준말이 있다. 불란서의 표준말은 파리를 중심한 북쪽 지역에서 쓰는 불란서말이요, 영국의 표준말은 영국 남부 지역에서 쓰는 영어요, 일본의 표준말은 동경 토착이들의 일본말이다.

나라마다 특정한 지역의 말을 표준말로 삼는 이유는 정치, 사회, 문화의 중심지의 말이거나 역사적으로 잘 다듬어지고 또 널리 쓰이는 말을 표준으로 잡아서 씀으로써 언어의 통일을 이루고 동시에 의사소통의 능률을 극대화하기 위함에 있다. 또한 이러한 목적을 달성하기 위하여 나라마다 표준말 교육에 올과 성을 다하고 있는 것이며 초등학교에서부터 표준말을 익혀 쓰는 데 힘을 쏟는다.

그러므로 이와 같이 표준말을 중시하여 이의 보급에 노력하는 국
가에서는 자연히 표준말이 권위를 갖게 되고 그럴수록 표준말을 배
우고 익히려는 의욕 또한 커지기 마련이다.

표준말의 권위가 유난히 높은 나라로 영국을 들 수 있다. 원래 남
부 지역에서 쓰는 하나의 지역 방언으로 출발했으나 후에 영국의 표
준말로 발돋움한 뒤로는 지역에 관계없이 어디에서나 일정한 수준의
교육을 받은 영국인은 모두 이 표준말을 쓰도록 되었다. 특히 영국의
표준 영어는 public school이라고 하는 일종의 사립 중고등학교를 중심
으로 철저하게 교육, 전파되기 때문에 단순한 지역 방언이 아닌 사회
적인 계층 방언으로까지 성장하게 된 것이다.

영국사회에서 표준 영어가 여타 비표준 영어에 비해 우월한 위치
에 있으므로 이를 익혀 쓰려는 국민의 노력도 유난하다. 다시 말하면
분야와 직종에 따라서는 표준 영어를 하지 못하면 출세에 지장이 있
기 때문에 본래 지역 방언을 쓰던 사람도 앞을 다투어 표준말, 특히
표준발음을 배워 쓰는 데 힘을 기울인다. 런던의 중심가에 영국인을
대상으로 표준영어 발음을 가르치는 학원이 오늘날에도 있다는 사실
에서 우리는 영국 표준말의 위치가 어떠한가를 알 수 있다.

실제로 영국 사회에서 심한 사투리 발음을 하는 사람은 백화점의
점원으로 취직하는 데도 어려움을 겪게 된다. 방언에 비해서 표준말
의 위치와 권위가 높으면 높을수록 전국적인 보급도 용이하며, 또한
그만큼 언어의 통일과 능률을 기대할 수 있음을 영어의 경우에서 확
인할 수 있다. 그리고 비록 표준 영어가 지닌 독특한 권위에는 미치
지 못한다고 하더라도 어느 나라에서든 표준말이 그 나라의 대표적
인 언어 형태로서 다른 방언에 비해 우월한 위치에 있어야 함은 두말

할 필요가 없다.

한편 우리나라에도 예부터 표준말이 엄연히 존재한다. 특히 1933년에 조선어학회의 '맞춤법 통일안'에서 밝힌 "표준말은 대체로 현재 중류 사회에서 쓰는 서울말로 한다"라는 정의가 나온 이후로 더욱 그 위치가 공고해진 것이다. 최근에 문교부에서는 70년대 초부터 거의 8년에 걸친 연구, 검토 끝에 '표준말 재사정시안'을 1978년 12월에 발표하였고, 그 안에서 표준말의 정의를 "표준말은 현재 서울 지역에서 교양 있는 사람들이 두루 쓰는 말을 기준으로 하여 정함을 원칙으로 한다"로 수정하였다. 그 이유는 표준말 정의가 처음 나온 1930년대와는 달리 요즈음 서울의 중류 사회라는 개념이 불투명하므로 이 대신에 '교양 있는 사람들이 서울 지역에서 쓰는 말'로 척도를 바꾸어 놓은 것이다. 그러나 얼핏 보아서 타당한 듯한 이 수정된 정의는 중대한 오류를 범하고 있다. 오늘날 교양인이 서울지역에서 쓰는 말은 우리가 전통적으로 인정하고 있는 표준말씨 이외에도 경상, 전라, 충청, 강원, 평안, 함경, 황해 등 전국의 지역 방언이 모두 망라되어 있는 것이며 수정된 정의를 있는 그대로 적용한다면 이러한 지역사투리가 모두 표준말이 되고 마는 것이다. 이러한 혼질적인 표준말 정의가 나온 배경에는 우리나라에서 떠돌고 있는 말에 대한 그릇된 견해가 도사리고 있다.

즉, 말이란 '소리'와 '뜻'의 복합체이므로,

말＝소리(발음)＋뜻(낱말의)

이라는 글식이 성립되는 것이며 같은 이유로,

표준말＝표준발음＋표준낱말

이라는 등식으로 이해를 해야 함에도 불구하고 우리나라에서는 단

순히

표준말=표준낱말

로만 인식하는 경향이 있는 것이다. 그리고 이러한 그릇된 인식은 바로 앞에서 말한 바와 같이 소리말(음성 언어)을 제쳐놓고 글말(문자 언어)만을 중시하는 풍조에서 비롯된다.

한편 실생활에서 일반 언중은 말의 음성 형태, 즉 발음에 대한 의식의 뚜렷함을 알 수 있다. 가령, 전라도 말씨다, 충청도 말씨다, 경상도 말씨다 하는 판단은 바로 소리말, 즉 발음상의 특징을 듣고 내리는 판단이지 결코 특정 지역 방언의 어휘를 듣고 하는 판단은 아닌 것이다. 또 '사투리가 심하다'는 표현도 표준말씨와 다른 지역 사투리의 발음과 리듬과 억양이 뚜렷하게 다르다는 뜻이지, 단지 낱말이 표준 낱말과 다르다는 뜻은 아닌 것이다.

이와 같이 상식적으로도 분명히 인식되는 소리말의 발음 면을 한 나라의 표준말 정의에서 고려하지 않음은 도저히 있을 수 없는 일이다. 그러므로 합리적인 우리나라의 표준말 정의에는 반드시 '서울말'이라는 조건이 들어가지 않을 수 없다. 이 조건이 들어가지 않는 한, 혼질적인 정의를 내릴 수밖에 없기 때문이다. 문교부의 '표준말 재사정시안'의 표준말 정의는 위에 말한 모순에 대한 필자의 지적과 반론으로 수정되어 1979년에 나온 '표준말안'에서는 "표준말은 현재 교양 있는 사람들이 두루 쓰는 서울말로 정함을 원칙으로 한다"로 정정 발표되었다. 따라서 1988년 1월에 최종적으로 공포된(문교부 교시 제88-2호) 앞의 표준말 정의는 종래의 표준말 정의에 가까워진 것인데, 이는 오늘날 우리나라 언어 현실에도 합당한 정의일 뿐만 아니라 말의 소리 면, 즉 발음 면을 중요시하게 되었다는 점에서 다행스럽게 여기고 환영해야 할 일이다.

위에서 기술한 바와 같은 표준말과 표준발음이 엄연히 존재하고 있음에도 우리나라에서는 8·15 해방을 맞고 6·25사변 등의 변혁을 겪는 동안 지역의 경계를 초월하는 민족의 대이동과 이합집산이 있었으며 이와 아울러 지역 방언 간의 혼합이 이루어졌다. 특히 각 지역 방언의 서울 진출은 유례없는 규모로 전개되어 앞서 말한 바와 같이 오늘날 서울 지역은 각 지역 사투리의 집산지가 되어 버린 것이다.

이와 같이 지역 방언이 대규모로 침투하여 정착함에 따라서 서울을 중심한 표준말권의 언어는 혼질적으로 되었고, 이에 비례하여 드높았던 표준말의 권위는 눈에 띄게 떨어졌다. 게다가 학교에서의 표준말, 표준발음 교육마저 부실했기 때문에 그러한 경향은 더욱 짙어진 것이다.

50년대와 60년대만 하더라도 지역 방언 사용자는 서울 지역에서 사투리 쓰는 것을 부끄럽고 불리하게 여겼으나 70년대에 들어와서는 아무 거리낌 없이 사투리를 쓸 뿐 아니라 때로는 이를 오히려 자랑스럽게 여기는 풍조마저 있음을 볼 때 우리는 지역 방언의 위치가 얼마나 향상되었는지를 알 수가 있다.

지역 방언의 지위 향상과 표준말의 권위 실추는 바로 오늘날 청소년의 언어생활의 무질서와 혼란을 불러온 근본 원인이다.

규범이 되는 표준말, 표준발음이 엄연히 존재하기는 하나 권위를 제대로 유지하지 못하므로 방언 사용자가 이를 자발적으로 그리고 적극적으로 익히려는 의무감이나 자극을 느끼지 못하며, 학교교육에서조차 표준말 교육을 소홀히 하고 있으니 말에 질서와 통일이 없고 앞서 말한 바와 같은 혼란에 빠지게 된 것이다.

3. 방송매체의 무관심

언어의 혼란, 특히 발음이 혼란스런 또 하나의 원인은 방송매체의 언어에 대한 무관심에서 찾을 수 있을 것이다. 방송매체는 오늘날 전파로 전국의 구석구석을 파고드는 무서운 힘을 가지고 있다. 이러한 방송매체가 바로 자신의 도구인 말에 관심을 별로 갖지 않는다는 것은 지극히 모순된 일이나 오늘날의 현실은 그것이 사실로 나타나고 있는 것이다. 표준발음의 교육과 보급에 큰 몫을 해야 할 방송매체에서 사투리 발음이 거침없이 나가고 있으니 이는 차라리 표준말, 표준발음 보급에 방해를 하고 있다고 보아야 할 것이다. 이러한 현실에서 국민들이 올바른 발음, 정확한 표준발음을 듣고 배울 수 없음은 자명한 일이다. 아니 오히려 전파를 타고 나가는 한마디 잘못된 발음은 말할 수 없는 악영향을 전국 방방곡곡에 심어 놓는다는 사실을 인식해야 한다.

다시 외국의 예를 보자, 영국에서는 예부터 영어의 표준발음 보급에 힘을 쓰고 있는데, 방송국 안에는 발음 문제만을 전담하는 발음과가 설치되어 있어서 음성학자 및 언어학자의 도움을 얻어 표준발음에 대한 자료 분석과 심사를 하고 아나운서의 발음 훈련 등 표준발음보급을 치밀하고 체계적으로 추진하여 왔다. 이 과에서 결정된 발음은 모든 아나운서들이 충실하게 따르도록 되어 있어서 어느 한 낱말에 나오는 모음의 표준 음가까지 자체적으로 정밀하게 정해 놓을 정도이다.

최근에 한국방송공사에서는 표준말, 표준발음 보급과 언어 순화라는 국가적 사명을 실천하는 첫 걸음으로 'KBS한국어연구회'라는 연구와 실천의 기구를 설치하여 활발한 운동을 전개하고 있으니 여간 다행한 일이 아니며, 국민과 학계의 이에 대한 기대 또한 여간 크지 않다.

V. 표준발음은 왜 필요한가?

표준발음은 왜 필요한 것인가? 어찌 보면 너무나 해답이 자명한 것이어서 이 문제는 더 이상 논란의 대상이 될 수 없을 뿐만 아니라 애초부터 거론할 필요조차 없는 문제라고 볼 수도 있을 것이다. 그러나 오늘날 우리말의 현황을 살펴볼 때, 표준발음의 문제는 폭넓은 논의의 대상이 될 수 있는 국가적인 중대사로 나타나고 있다. 표준발음의 필요성을 의식하는 언어 교육을 하고 이를 범국민적으로 보급하기 위한 대책을 일찍이 세웠던들, 오늘날과 같은 언어의 혼란, 특히 발음의 혼란은 일어나지 않았을 것이다. 그러므로 표준발음의 문제는 이제부터라도 심각한 논의의 대상이 되어야 하며 이를 바탕으로 표준발음의 교육과 보급을 위한 획기적인 대책이 하루속히 마련되고 실천되어야 할 것이다. 다음에 우선 표준발음의 필요성을 간추려서 살펴보기로 한다.

1. 표준발음은 효율적인 의사소통에 필수적이다

인간의 말은 일차적으로 입으로 발음하고 귀로 듣는 '소리말'(또는 입말)의 형태로 존재하며 글자로 써서 눈으로 볼 수 있는 '글말'은 어디까지나 언어의 이차적인 형태일 뿐이다. 그리하여 말은 기본적으로 소리, 즉 음성으로 이루어지고 전달된다. 가령 "그리운 고향집에는 복숭아와 밤나무가 있었다"라는 말은 명사와 동사 따위의 여러 가지 품사의 낱말과 이들이 연결되어 이루어 내는 문법적 구성과 구조가

있으며 이들이 엮어 내는 의미가 있지만 이 모든 것은 바로

/그리운 고향찌베는 복쑹아와 바암나무가 잇썬다/

라는 말소리의 연결체가 실어 전달하고 있는 것이다. 따라서 말의 뜻을 올바로 전달하려면 무엇보다도 발음이 바르고 정확하여야 함을 알 수 있다. 발음이 부정확하고 바르지 않으면 아무리 내용이 좋고 어법이 바르다고 할지라도 의미 전달이 제대로 되지 않게 된다.

뿐만 아니라 소리말은 사투리에 따라 발음이 많이 다르다. 다시 말하면 지역 방언에 따라 실제 발음이 다르므로 똑같은 문장이라도 출신 지역이 다른 사람이 말을 하면 말투가 아주 달라지는 것이다. 가령 위에 든 문장을 서울과 부산 사람 그리고 광주 사람에게 읽혀 보면 말씨가 모두 달리 나게 마련이다. 이러한 방언적인 차이가 심하면 때로는 뜻이 잘 전달되지 않으므로 의사소통에 장애가 오는 중대한 결과를 빚게 된다.

예를 들어 경상도와 전라도 말에서는 모음 /에/와 /애/가 잘 구별되지 않고 있다. 즉 이 지역 출신들은 위의 두 오음을 구별하여 발음하지 못하며, 구별하여 듣지도 못하는 것이 보통이다. 구별을 한다면, 학교 교육의 덕택으로 철자법상으로만 차이가 나는 것으로 알고 있을 뿐이다. 다시 말하면, 이 지역 말에서는 /에/와 /애/를 하나의 동일한 모음으로 인식한다. 그러나 표준말에서는 이 두 모음을 분명히 구별해서 쓰기 때문에 이를 다른 소리로 구별하지 않으면 혼란이 일어나게 된다. '게'와 '개', '세'와 '새', '베다'와 '배다', '네 것'과 '내 것' 같은 낱말의 짝은 완전히 이 두 모음의 대립으로 뜻이 구별되고 있다.

그러므로 표준말 사용자가 이 지역 출신자(표준말을 익혀 쓰지 않는)
와 대화를 할 때에는 뜻이 올바로 전달이 안 되고 오해를 일으키는
경우를 맞게 된다. 방어적인 차이는 위에서 예를 든 두 모음에만 국
한된 현상이 아니며, 그 밖의 다른 모음들과 자음 그리고 강약, 고저
따위의 운율적 자질도 포함한다. 뿐만 아니라 이들의 요소가 결합하
여 엮어 내는 말의 리듬과 억양에까지 미치고 있는 것이다. 따라서
이 모든 면에서 사투리는 표준말과 차이를 보일 수 있으며 그러한 발
음의 차이는 곧 의사소통에 장애를 일으키는 중대한 문제로 등장하
게 된다. 언어의 일차적인 중요 기능이 의사소통의 도구일진대, 의사
소통에 장애가 되는 방언적인 차이는 국가적으로 볼 때에 심각한 문
제가 아닐 수 없다.

그렇다고 하여 특정 지역의 방언이나 방언적인 차이를 무조건 비
방하는 것은 아니다. 방언은 방언마다 고유한 특색과 향토적인 맛이
있으며, 언어학적으로도 각각 고유한 체계를 지니고 있어서 언어 지
리학이나 역사 비교언어학의 관심사가 된다. 따라서 방언을 중요시하
고 보존 육성해야 한다는 데에는 이론이 있을 수 없다. 그러나 방언
은 해당 지역에서만 통용되는 말일 뿐, 전국적으로 통용될 수 있는
공통어적인 구실을 못 하는 것이다. 이것이 바로 온 국민의 공동어적
인 기능과 구실을 지닌 표준말과 다른 점이다. 그러므로 결국 지역
방언을 쓰는 사람들은 자기 고유의 사투리 이외에 표준어와 표준발
음을 추가로 배워 써야 한다는 결론에 다다르게 된다. 그리하여 개인
적이고 사적인 언어생활에서는 자신의 방언을 구사하되, 공적인 사회
생활에서는 표준말을 구사해야 하는 것이다. 이 같은 이중적인 언어
생활은 바로 자신의 이익과 함께 국가적인 이익에 직결된다.

전 국민의 공통어적인 표준말이 없고 지역 방언이 난립하는 것은 마치 도량형의 기준이 없어서 지역마다 길이와 무게의 척도가 다른 데서 오는 혼란에 비유할 수 있을 것이다. 또한 동일한 악보를 놓고 연주자에 따라 전혀 다른 음악으로 연주하는 혼란에 비유할 수도 있을 것이다. 여기서 악보는 철자법으로 쓰인 글말이요, 실제로 연주된 음악은 발음된 소리말에 견주어 볼 수 있기 때문이다.

2. 표준발음은 지역감정을 극복하여 국민 화합과 총화를 이룩하는 지름길이다

지역 방언의 난립은 단순히 의사소통의 장애요소가 될 뿐만 아니라, 지역감정의 촉발제로 작용한다. 불행하게도 우리나라에는 예부터 상당히 뿌리 깊은 지역감정과 대립이 은연중에 있어 온 것이 사실이며 오늘날에도 마찬가지이다. 정부에서 수년 전에 영남과 호남을 연결하는 88고속도를 건설하기로 결정하면서 밝힌 이유 중에는, 바로 국민 화합도 들어 있었으니, 이는 바로 지역감정과 대립을 해소하고 화합을 이룩하려는 정부 차원의 배려요 노력이라고 볼 수 있다.

그러나 시야를 넓혀서 지역감정의 문제를 살펴보면 여기에는 무엇보다도 언어문제가 심각한 요소로 개재되어 있음을 알 수 있다. 일상생활에서 지역 방언, 즉 사투리 발음은 바로 지역감정의 촉발제요, 발원지임을 깨닫게 된다. 이름도 성도 모르는 주변의 사람들을 대하면서, 우리는 그들의 말씨를 듣고 무의식적으로 그들의 출신지를 점치며, 불필요하게도 정치, 사회적 지역 의식과 이질감을 떠올리게 되는 것이다. 이러한 현상은 개개인에 따라 차이가 있긴 하겠으나, 우리 사회에서 그러한 감정이 있는 것은 부인할 수 없는 사실이라고 본다. 크지도 않은 나라에서 이 얼마나 부질없는 폐습이요, 국민의 총화에 역행하는 반국가적인 악습인가! 물론 지역감정의 근본 원인과 대책은 다각적으로 모색되어야 하겠으나 언어의 차이, 즉 방언적인 발음의 차이가 바로 직접적인 지역감정의 촉발제로 작용함도 부인할 수 없는 현실이니만큼, 이에 대한 대책이 절실한 형편이다.

따라서 이 문제를 해결하는 언어적인 방법은 바로 표준말의 표준발음을 널리 보급하여 공직자나 지도층 인사를 비롯한 지식인 및 모든 국민은 적어도 사회의 공식적인 자리나 모임에서는 반드시 표준발음을 사용하도록 하는 것 이다. 그러기 위해서는 초등학교에서부터 표준말 표준발음의 교육이 필수로 되어야 할 것이고, 우선 각급 학교의 교사부터가 표준발음으로 무장되어야 할 것이다.

그러나 오늘날의 우리 현실은 어떠한가? 당국은 당국대로 표준발음의 필요성을 절감하고 이의 보급을 위한 적극적인 노력을 한 일이 있는가? 각급 학교에서는 표준발음의 교육을 위해 얼마만큼의 시간을 할애하였으며, 이렇다 할 대책을 세워 보려고 노력이라도 한 일이 있는가? 이에 대한 해답은 부정적임이 자명하다.

영어와 같은 외국어 교육에서는 그런대로 올바른 발음, 정확한 표준발음과 악센트의 위치를 따지고, 대학의 입학시험에서도 발음 문제가 출제되고 있지만, 국어 과목에서 발음 문제가 출제된 일이 있으며 학교 교육에서도 국어의 발음 문제를 심각하게 다룬 일이 있었는가?

외국어는 표준발음으로 올바르게 말을 해야 하고 모국어인 한국어를 할 때에는 아무렇게나 멋대로 발음해도 좋다는 말인가? 다시 말하면, 이는 자기의 것을 낮추고 외국의 것을 높이 받드는 사대사상, 즉 언어의 사대성을 웅변으로 증명하고 있는 것이다.

정부당국과 일선 학교에서는 이 문제에 대한 일대 반성과 각성이 있어야 할 것이다. 이제 우리는 외국어의 표준을 논하기에 앞서 모국어의 표준발음을 존중하여 교육하고 익혀 쓸 줄 아는 자존과 자각을 되찾아야 할 때에 왔다. 이 점에서 우리는 불란서 국민의 불란서말에 관한 절대적인 사랑과 자부심을 본받아으 할 것이다.

3. 표준발음은 교양인의 자격 요건이 된다

옛날 중국에서부터 '**신·언·서·판**'이라 하여 사람을 평가하는 척도로, '신'(신체) 다음으로는 '서'(글)에 앞서 '언'(소리말)을 중시하였다. 더구나 이는 한자라는 뜻글자를 쓰는 중국에서 인물 평가의 척도로 쓰던 말이어서 더욱 의미가 심장하다. 그런데 이 말은 오늘날에 와서는 더욱 그 의미가 적확하다. '언', 즉 말을 바르게 해야 교양인이라고 할 수 있으며, 말을 바르게 한다는 것은 표준적인 발음을 하지 않고는 기대할 수 없는 것이다.

더구나 많은 사람이 어울려 사는 공동 사회에서 모든 이가 잘 알아들을 수 있는 표준발음을 하지 않고 자기 출신 지역의 사투리를 고집한다는 것은 교양인이 안 됨은 물론이요, 반사회적이고 반국가적이라고 볼 수밖에 없다.

또한 표준발음이란 한 나라의 표준적인 발음으로 정해진 것이고, 정치, 경제, 문화, 사회 활동의 매체로 쓰이는 것이므로 자연히 어느

면에서 세련되고 권위를 지닌 말씨로 통용되게 마련이다. 따라서 사회생활을 하는 교양인과 지식인 및 공직자는 마땅히 표준발음을 배워서 써야 할 사회적인 의무와 책임이 있는 것이며, 이는 곧 그들의 개인적인 사회 진출에도 큰 보탬이 되는 재산인 것이다.

Ⅵ. 표준발음을 익히는 방법과 절차

사투리 사용자가 표준발음을 익히는 것은 그리 쉬운 일이 아니다. 사투리 사용자가 표준말의 본거지인 서울에서 수십 년을 살아도 표준발음을 하지 못하고 여전히 자기가 본래 쓰던 사투리를 쓰는 것을 보면, 새로운 발음 습관을 익힌다는 것이 여간 어려운 일이 아님을 알 수 있다.

사투리 사용자가 표준발음을 효과적으로 익히려면 첫째로, 발음 진단을 받아서 자신의 결함이 어디에 있는가를 우선 알아야 한다. 둘째로, 자신의 결함이 진단되면 이에 따라 필요한 청취 훈련과 발음 훈련을 쌓아야 한다. 이제부터 발음 진단과 음성 훈련의 내용을 차례로 기술한다.

1. 발음의 진단과 분석

한국인으로서 정상인이라면 한국말을 쓰게 마련이다. 그러나 모두가 표준말씨를 쓰는 것은 아니다. 비표준적인 말씨나 사투리말씨를 쓰는 사람도 많다.

이는 그동안 언어의 중요성을 충분히 인식하지 못하고 표준말과 표준발음의 보급과 교육에 소홀히 해 왔기 때문이다.

그런데 이제 새로이 언어를 습득하는 어린이가 아닌 성인을 대상으로 하여 표준말씨의 사용 여부를 밝히고, 이들에게 체계적인 표준말씨를 교육하려면 우선 현재 그들의 현재 상태가 어떠한지를 체계적으로 진단해야 할 필요가 있다. 다시 말하면, 현재 이들이 사용하는 말씨가 표준인지 아닌지, 그리고 만일 아니라면 얼마나 표준에서 이탈하여 있는가를 체계적으로 정확히 판정할 필요가 있다.

병을 고치려면 정확한 의사의 진단을 먼저 받고 병의 원인을 올바로 파악한 다음, 적절한 치료를 하는 것과 같이 언어도 이를 표준화하려면 우선 전문가의 정밀한 진단을 거쳐서 비표준적인 요소를 파헤친 다음에, 집중적인 교정을 해야만 단기간 내에 실효를 거둘 수 있을 것이다.

물론, 언어의 진단은 여러 각도에서 실시되어야 한다. 언어란 어법 면과 어휘 면 그리고 발음 면이 있으므로 이를 전체적으로 진단하여 실태를 파악해야 하겠으나, 어법과 어휘 면은 학교 교육을 받은 사람이라면 누구나 대체로 표준을 따르고 있다고 볼 수 있다. 특히 공식적인 대화나 연설에서 비표준적인 어법이나 어휘를 사용하려는 사람은 있을 수가 없을 것이다.

그러나 발음 면은 비록 청각적으로 잘 드러나기는 하나, 과학적인 진단과 치료가 어려우므로 표준에서 어긋나는 말씨를 여전히 고수하는 사람들이 많다. 그러므로 여기서는 주로 발음 면의 진단에 주력하기로 한다. 결국 발음의 진단은 발음 혼란의 정도를 개인별로 밝히고 이를 표준발음으로 교정하기 위한 체계적이고 효과적인 지름길이 되는 것이다.

발음의 진단을 받는 방법은 먼저 자신이 직접 진단용 이야기를 읽는 것이다. 읽는 요령은 미리 한두 번 살펴본 다음에 자연스럽게 보통 속도로 읽으면 된다. 자신이 쓰는 말씨를 있는 그대로 드러내는 것이 목적이므로 불필요하게 과장하거나 애써 표준형을 연출하려고 노력할 필요는 없다. 이는 오히려 정확한 진단에 장해가 될 뿐이다. 가능하면 녹음을 하는 것이 좋으며, 진단의 편의를 위하여 세 번 반복하여 녹음해 두는 것이 편리하다.

진단용 이야기의 한 본보기는 다음과 같다.

〈한국어 표준발음 진단용 이야기〉

1. 좁은 방에 이십오 명이 빽빽이 둘러앉아서 무슨 연구를 한답시고 쪼그리고 있는 청년들이 있었다.
2. 전화는 물론 전기도 없으며 특별한 오락시설도 없는 외딴 섬의 초가집에서 무슨 전문 학자도 아닌 이들은 매일같이 모여 앉아, 서로 마주 보고 있는 것이 인생의 유일한 과제요, 목표인 양 별다른 말도 없이 끈질기게 버티고 있었다.
3. 현재까지 알기로는 이들 중에 외국인도 정치가도 경제인도 없다. 그렇다고 사회의 저명한 인사가 끼어 있는 것도 아니며 혈기가 넘치는 젊은이만도 아니다.
4. 그러나 그림을 그리는 미술가, 노래를 하는 음악가 등 예술가는 있는 듯했다. 그래서 긴 머리를 한 이들 괴상한 사람들의 이상하고 따분한 행적을 보고, 동네 사람들은 구경거리도 안 되는 답답한 정경에 애가 탈 지경이었다(이현복 지음).

이 진단용 이야기는 현재 대한음성학회에서 실시하는 표준발음의 진단에 사용하는 자료인데, 여러 각도에서 표준발음의 내용을 구체적으로 파헤쳐 낼 수 있도록 이야기가 꾸며져 있다. 따라서 진단을 받는 이가 표준에서 이탈하는 발음을 하면 그 내용이 상세히 나타나도록 짜여 있는 것이다.

〈발음 진단서 보기〉

앞에서 제시한 발음 진단용 이야기를 읽히거나 녹음시킨 다음, 이를 바탕으로 발음을 진단하게 되는데, 진단된 내용을 항목별로 정확하게 나타내기 위하여 발음 진단서를 이용한다.

다음의 진단서 표본에서 알 수 있듯이 진단되는 내용은 홀소리(모음) 반홀소리(반모음), 닿소리(자음), 강세와 리듬, 억양, 동화, 그리고 총평 및 교정 방향으로 나뉘어 있다. 그리고 진단된 내용을 이해하려면 진단서의 기록 및 작성 방법을 알아야 한다.

그러므로 다음에 가상으로 예시한 홍길동의 발음 진단서(58쪽 참조)를 중심으로 진단서 해독법을 소개한다.

1) 홀소리, 반홀소리, 닿소리 항에서 손으로 써 넣은 기호는 그 앞에 있는 해당 음을 잘못 발음하였음을 뜻한다.

   가령 긴 /이 : / 소리를 /이/로 짧게 내고 /에/와 /으/는 /애/와 /ə/로 각각 혼동하여 잘못 소리 냈음을 표시한다.

2) 반홀소리 ③은 이중모음 [의]로 내야 할 /의/를 단모음 I/ɯ/ə와 같이 세 가지로 낸다는 표시이다.

3) 반홀소리 ②에서 /와/ 옆에 /아/를 적은 것은 반홀소리 [w]를 /아/ 앞에서 발음하지 않았다는 뜻이다.

4) 닿소리 ①은 /ㅂ/을 낼 때에 표준발음에서보다 세게 조음되거나

마찰음으로 발음되었음을 뜻한다.

5) 홀소리 ④는 유성음 사이에서 유성음으로 나야 할 /ㅂ/이 된소리 /ㅃ/으로도 남을 표시한다.

6) 닿소리 ⑧은 /ㄸ/이 /ㄷ/으로 발음됨을 뜻한다.

7) 닿소리 ㉒와 ㉓은 /ㄴ/과 /ㅇ/이 앞의 모음을 비음화하는 현상이 있다는 표시이다.

8) 그리고 강세와 리듬, 억양, 동화 등의 항에서 홍길동은 전반적으로 표준발음에서 멀고 사투리 말씨의 특성을 많이 보이고 있음을 알 수 있다. 그리고 여기서 사용한 표기는 국제음성기호나 한글기호가 모두 간략 표기로 사용되고 있음을 보여 준다.

9) 발음 진단서의 마지막 항목은 교정 방향이다. 즉, 발음의 오류로 지적된 내용을 근거로 하여 고정해 나갈 방향을 제시한 것이다. 표본으로 내놓은 홍길동의 경우에는, (1) 오음을 길게 내고 (2) 모음에서 /에/와 /애/ 및 /의/와 /어/의 구별을 익혀야 하여, (3) 반모음 w를 모음 앞에 삽입하는 훈련이 필요하고, (4) 자음에서 ɦ−b−p 따위를 명확하게 구별하는 데 주력을 해야 한다는 것을 교정 방향으로 제시하고 있다.

따라서 홍길동은 이러한 교정 방향으로 나갈 경우, 짧은 시간 안에 비표준적인 요소를 제거하고 표준적인 말씨로 교정해 갈 수 있게 될 것이다.

☆☆☆ 한국어 발음 진단서 ☆☆☆
KOREAN PHONETIC DIAGNOSIS(1982년 4월 15일)

(성명: 홍길동)

Ⅰ. 홀소리

① 이 : 이　　② 이　　　　③ 에 : 애　　④ 에 : 애　　⑤ 애 : 애
⑥ 애　　　　⑦ 아 : 아　　⑧ 아　　　　⑨ 오 : 오　　⑩ 오
⑪ 우 : 우　　⑫ 우　　　　⑬ 으 : ə　　⑭ 으 ə　　　⑮ 어 : ə
⑯ 어 ə　　　⑰ 어

Ⅱ. 반홀소리

① j/예,　애,　야,　여　에/ə,　요,　유/
② w/위 I,　외 에,　왜,　와 아,　워/
③ 의[ɰi]　i/ɰ/ə,　의[ɛ]ə,　의[ɛ]ə/i

Ⅲ. 닿소리

① ㅂ p^h/φ　② ㅍ　　　③ ㅃ ㅂ　④ ㅂ[b] ㅃ　⑤ ㅅ
⑥ ㄷ t^h　　⑦ ㅌ Ṽn　⑧ ㄸ ㄷ　⑨ ㄷ[d] ㄸ　⑩ ㅆ ㅅ
⑪ ㄱ k^h　⑫ ㅋ　　　⑬ ㄲ ㄱ　⑭ ㄱ[g]ㄲ　⑮ ㅎ
⑯ ㅈ c^h　⑰ ㅊ　　　⑱ ㅉ ㅈ　⑲ ㅈ[ʒ] ㅉ　⑳ ㄹ[r] l
㉑ ㅁ　　　　㉒ ㄴ Ṽ　　㉓ ㅇ Ṽ　㉔ ㄹ[l]

Ⅳ. 강세와 리듬: 낱말의 강세 위치와 모음의 길이 및 리듬이 표준말과 다른
유형을 보인다.

Ⅴ. 억양: 억양의 변화가 지나치게 심하다.

Ⅵ. 동화: 모음의 비음화 등, 표준말과 다른 동화가 있는가 하면 필요한 동화는
안 지킨다.

Ⅶ. 총평: 한마디로 표준발음에서 먼 말씨이다.

≪교정방향≫ 1) 장모음은 길게,　　2) 에/애의 구별 및 으/애의 구별 필요,
　　　　　　3) 반모음 w 삽입,　　4) ɓ−b−p 따위 구별 필요.

(대한음성학회/서울대학교 인문대학 언어학과 안)

2. 음성 훈련(청취 및 발음)

앞에 소개한 발음 진단 결과에 따라, 잘못 발음하는 것으로 지적된 내용을 중심으로 집중적인 음성 훈련에 들어가야 한다. 음성 훈련은 두 가지로 나뉜다. 첫째는 청취이고, 둘째는 발음이다. 청취와 발음은 서로 불가분의 관계에 있지만 발음에 앞서 청취 훈련이 시행되어야 한다. 그 이유는 먼저 정확하게 소리를 판별함이 없이 발음을 올바로 할 수가 없기 때문이다. 물론 어떤 경우에는 소리를 올바로 판단할 수는 있으면서도 실제로 발음을 못 하는 일도 있으나, 이는 어디까지나 발음 훈련이 부족했다는 증거일 뿐, 그 이전 단계인 청취 훈련이 불필요하다는 이유는 될 수가 없다. 따라서 어느 의미에서, 청취와 발음은 긴밀한 관계에 있긴 하나, 발음에는 청취를 전제로 하는 독자적이고 고유한 영역이 있음을 뜻한다고 볼 수 있다.

2.1. 청취 훈련

청취 훈련은 잘못 발음된 소리와 목표로 하는 표준 음가를 몇 차례 들려주고 학습자로 하여금 그 두 소리의 차이를 느낄 수 있도록 해 주어야 한다. 예를 들어, 경상도 출신은 /에/와 /애/를 구별하여 듣지 않고 두 소리를 같은 음가로 들으므로, 우선 이 두 소리가 서로 다른 소리라는 것을 청각적으로 깨닫도록 해 주어야 한다. 만약 학습자가 이 두 소리를 모두 /애/와 같은 한소리로 알고 있다면 이를 여러 상황에서 /에/와 대비시켜 음성적으로 차이가 있음을 알도록 해 주는 것이다. 이 같은 청각 훈련 방법으로는 받아쓰기가 있다. 즉 교사가 두 소리 나 두 소리가 들어 있는 낱말을 임의로 들려주고 이를 학생으로 하여금 받아쓰도록 한 다음 교사의 정답과 대조해 보는 방법이다. 이 같은 집중적이고 적극적인 판별훈련을 하는 동안 음성의 청취 능력을 서서히 기를 수 있게 되는 것이다.

2.2. 발음 훈련

청각 훈련이 어느 정도 진행되면 발음 훈련을 하게 된다. 청각적으로 분별이 되는 소리를 곧 구별하여 발음해 내는 경우에는 아무런 문제가 없으나, 그렇지 않은 경우에는 교사의 체계적이고 개인적인 발음 지도가 있어야 한다. 여기서 교사는 무엇보다도 음성학의 이론과 실기에 관한 지식을 바탕으로 하여 학생 각자에게 알맞은 발음 교정 및 훈련 방법을 고안하여 지도하여야 하겠다. 왜냐하면 사람마다 발음 문제의 종류와 정도가 다를 수 있기 때문이다.

2.3. 음성학 지식의 필요성

그러나 어떠한 경우이든 음성훈련에 실효를 거두려면 음성학적 지식은 필수적이다. 가령 경상도 방언 사용자는 일반적으로 표준말의 /으/ 모음을 올바르게 내지 못하는 것이 보통이다. 여기서 이 문제를 지도하는 교사는 먼저 표준말의 /으/와 경상도 말의 /으/가 음성학적으로 어떠한 관계에 있으며 혀의 위치상으로는 어떠한 차이가 있는지를 판단한 다음 표준발음의 /으/를 올바로 내도록 지도할 수 있어야 효과를 거둘 수 있을 것이다. 그러한 음성학적인 판단과 처방이 없이 무조건 따라서 반복하라는 식의 지도로는 성과를 거둘 수가 없는 것이다. 이 문제와 관련하여 경상도 말의 /으/는 표준발음의 /으/보다 혀의 위치가 낮고 중설 모음 쪽으로 전진하여 있으므로 교정하는 처방은 자명하다. 즉, 여러 가지 개개인에게 적절한 방법을 동원하되, 혀의 뒷부분을 연구개 쪽으로 후퇴, 상승시키도록 해야 효과를 거둘 수 있는 것이다. 바로 이러한 이유로 학생은 음성학을 잘 몰라도 되나, 어학 교사는 반드시 음성학의 이론과 실계를 익히지 않으면 안 된다는 결론에 다다르게 되는 것이다.

대한음성학회에서 해마다 여름과 겨울방학 기간을 이용하여 어학 교수와 교사, 대학생, 언어치료사 및 일반인을 대상으로 음성학의 이론과 실기(듣기와 발음하기)를 중심으로 음성학 연수회를 마련하는 것은 바로 음성학에 관한 지식을 보급하기 위해서이다.

Ⅶ. 주요 표준말 모음의 소릿값과 익힘법

이제부터 표준말에 쓰이는 모음 중에서 흔히 잘못되는 것을 골라, 표준 음가와 사투리 사용자가 잘못 발음한 음가와의 음성학적 관계를 밝히고 잘못된 음가를 표준 음가로 교정하는 방법을 제시하고자 한다. 자기 스스로 표준 음가를 익히려는 이나, 학생들에게 표준 음가를 가르치려는 교사에게는 길잡이가 될 줄로 믿는다. 특히, 모음은 방언 간의 차이를 뚜렷이 드러내는 특징 중의 하나인 동시에, 정확하게 듣고 발음하기가 어려운 소리이므로 각별한, 주의와 훈련이 필요하다.

여기서 다루는 모음은, /에/와 /애/, /의/, /어 : /와 /어/이다. 이 글은 철자법으로 적지 않고 소리 나는 대로 발음표기를 하였으며, 모아쓰지 않고 반 풀어쓰기를 한 것이 특징이다. 장모음은 같은 모음을 두 번 연속하여 나타내었다. 이와 같이 소리 나는 대로 반 풀어쓴 글을 읽는 것은 바로 표준발음의 훈련 방법이 된다.

1. 모음 /에/와 /애/

하아ㄴ구거에 표주ㄴ 바르므로느ㄴ 모오으ㅁ /에/와 /애/가 벼르개에 으므소로 나타나느ㄴ다. 따라서 이드레 소리까브쎄도 차이가 나게 마려니다. 트ㄱ키 가아ㅇ세가 이느느ㄴ 소리마디에서느ㄴ /에/와 /애/에 차이가 자아르 드러나느ㄴ다. 그러므로 이 드르 두우 모오으므르 구별하여 바르므하지 아느며ㄴ 다으메 나ㄴ마르 짜그느ㄴ 모우두 의미에 호오르라니 이러나느ㄴ다.

베/배, 게/개, 세/새, 체/채,

네/내, 데다/대다, 세다/새다, 베다/배다,

메기/매기, 계집/개집, 떼다/때다, 네 것/내 것,

외(＝웨)/왜, 제발/재발, 게시/개시, 예/애

/에/와 /애/르르 구벼르하여 바르ㅁ하지 모오타느니느ㄴ 대애체로 겨ㅇ사ㅇ도 바아ㅇ어느과 저르라도바아ㅇ어ㄴ 사요ㅇ자르르 비로드타여 서우르지여게 저르므ㄴ 세대에도 포하ㅁ하느다. 이드리 시르쩨로 어떠케 이 두우 모오으므르 호오ㄴ도ㅇ하여 바르ㅁ하느ㄴ가느ㄴ 바아ㅇ어느 배애겨ㅇ에 따라 다르다. 가아려ㅇ 표주느마레 /에/와 /애/에 주ㅇ가ㄴ 저ㅇ도에 모오으므로 내애느ㄴ 수도 이드꼬, 두우르쭈ㅇ 하나에 가까우ㄴ 모로므르 태ㄱ카여 두우 가지 겨ㅇ우에 다아 쓰느ㄴ 니이르도 이드따. 따라서 어머니느ㄴ '개', '샘', '재미' '내 것'으르 가ㄱ까ㄱ /게/, /세ㅁ/, /제미/, 네거드/으로 내애며, 어떠니느ㄴ 이와 바아ㄴ대로, '베', '제사', '계산' '세상' 가트ㄴ 나ㄴ마르르 /배/, /재사/, /개사ㄴ/, 새사ㅇ/과 가치 내애느ㄴ 니이리 이드따. 이 두우 모오으므르 호오ㄴ도ㅇ하ㄴ다느ㄴ 즈ㅇ거느ㄴ 처르짜뻐베도 나타나느다.

즈ㄱ, 이드르 모오으므르 호오ㄴ도ㅇ하느니느ㄴ 워느고르르 쓰르 때에 /에/와 /애/르르 바꿔쓰느ㄴ니이리 ㅁ아ㄴ타, 이느ㄴ 바로 이드리 두우 모오으메 소리까브쓰르 구벼르하지 모오타ㄴ다느ㄴ 즈ㅇ거이다. 이 무느제느ㄴ 두우 가지로 나누어 교저ㅇ 바ㅇ버브르 새ㅇ가ㄱ캐 보르쑤 이드따.

처드째느ㄴ 처ㅇ가ㄱ쩌기ㄴ 파ㄴ벼리다 우서ㄴ, 이 두우 모으으메 처ㅇ가ㄱ쩌기ㄴ 차이르르 구벼르하르 쑤 이스쓰르 때까지 드느느ㄴ

후우ㄹ려느ㄹ 해애야 하느다. 자기 마아레서 으무ㄹ로느 저기느 대애
리브ㄹ 하지 아느느ㄴ 두우 모오으므ㄹ 처ㅇ가ㄱ쩌기느 파느벼ㄹ하
느다느ㄴ 거스느 대애다느히 어려우느니이린마아느크므, 체게저기느
여어느스비 피료하다. 기보느모으메 이이버느과 사므버느ㄹ 구벼ㄹ
하여 드느느ㄴ 녀어느스브ㄹ 하며느 대애다느히 유이ㄱ카ㄹ 꺼시다.
처으메느ㄴ 기보느모으므 이어버느과 사므버느ㄹ 지브쭈ㅇ저그로
구벼ㄹ하여 드느느ㄴ 녀느스브ㄹ 하다가, 그다으메느ㄴ 이드리 드러
이느느ㄴ 뜨더므느ㄴ 나느마ㄹㄹ 이요ㅇ하여 두우 모오으므ㄹ 구벼
하ㄹ 쑤 이ㅅ쓰ㄹ 때까지 후우ㄹ려니 피료하다.

다으메느ㄴ, /에/와 /애/르ㄹ 시ㄹ쩨로 바르므하느ㄴ 바ㅇ버비다.

이드르모오으므ㄹ 처ㅇ가ㄱ쩌그로 구벼ㄹ하ㄹ 쑤 이드따 하여 고
드바로 바르므하ㄹ 쑤 이느느ㄴ 거스느 아니다. 우서느 표주느마레느
ㄴ 다으므 그리메서 보드시 이브뻐ㄹ리메 저ㅇ도가 네에 가지로 나
뉘느다느ㄴ 거스ㄹ 아아라야 하느다.

이르따느게느ㄴ 아래위느니가 거어이 다치느 채로 나느ㄴ 다치느
모므 /이/이고, 이이다느게느ㄴ 소느까라ㄱ 하나르ㄹ 무ㄹ 저ㅇ도에
가아느겨그로 터그ㄹ 여러 내애느ㄴ 바아느다치느 모오으므 /에/이
며, 사므다느게느ㄴ 소느까라 ㄱ 두우 개르ㄹ 포개어 무ㄹ 쩌ㅇ도에
가아느겨그로 내애느ㄴ 바아느녀ㄹ리느 모오으므 /애/이고, 사아다느
게느ㄴ 소느까라ㄱ 세에 개르ㄹ 포개어 무르고 내애느ㄴ 여ㄹ리느모
오으므 /아/이다. 따라서 /에/와 /애/르ㄹ 구벼

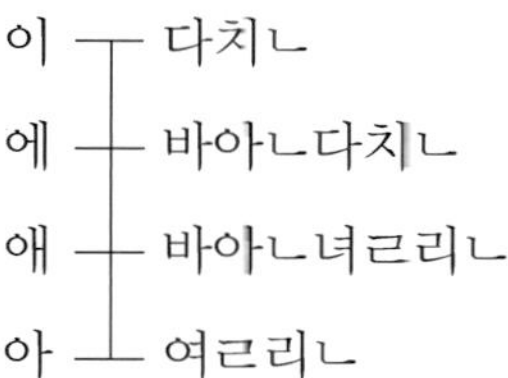

ㄹ하여 내애지 모오타느ㄴ 사아라ㅁㄴ 소ㄴ까라ㄱ 하나르ㄹ 무르고 /에/르ㄹ

내애고, 두우 개르ㄹ 무르고 /애/르ㄹ 타르ㅁ하느ㄴ 후우르려느ㄹ 의시ㄱ쩌그로 하여, 조오으ㅁ저기ㄴ 가아ㅁ가그ㄹ 이켜야 하느다. 이와 가치 소ㄴ까라그ㄹ 무ㄴ 채 소리르ㄹ 내애ㄴ 후우 수ㄱ따리 돼며ㄴ 소ㄴ까라그ㄹ 빼애고도 저어ㅇ화카ㄴ 으ㅁ까르ㄹ 내애ㄹ 쑤 이스쓰ㄹ 때까지 여어ㄴ스파미 피료하ㄹ. 겨ㅌ구ㄱ, /에/와 /애/느ㄴ 혀에 노피로 으ㅁ까가 겨ㄹ쩌ㅇ돼며, 혀에 노피느ㄴ 아래터게 버어ㄹ리메 저ㅇ도로 어느 저ㅇ도 좌아우돼므로 위와 가트ㄴ 의시ㄱ쩌기ㄴ 후우르려니 저르때로 피료하ㄹ.

2. 모음 /으/의 표준발음

하아ㄴ구ㅇ마(아)레 호르쏘리 /으 : /느ㄴ 뒤이 혀 다치ㄴ(후우서ㄹ 페에모으ㅁ) 소리로 그 소리까브쓰ㄴ 기보ㄴ모으ㅁ 제에 이이차 파르버ㄴ보다 야ㄱ까ㄴ 나ㄷ꼬 저ㄴ지ㄴ해애 이ㄷ따. 그러나 이느ㄴ 기이르고 세에게 나ㄹ 때에 으ㅁ까이고, 여러 개 나ㄹ 때에느ㄴ 더우ㄱ 나ㄷ꼬 저ㄴ지ㄴ하ㄴ 혀에 위치로 바르ㅁ하느다(이현복:「말소리」1

호 "한국어의 모음 음가", 1980). 그리하여 모오으ㅁ /으/느느 자ㅇ다네 따르느 으ㅁ서ㅇ저ㄱ, 으무느저ㄱ 대애리브르 보이르 뿌느 아니라 이느그네 위치하느 /우/, /어/와 다으ㅁ과 가트느 대애리브르 보이느다.

> /으/ : /어/ → 승공/성공, 증가/정가, 틀/털, 즉/적, 특/턱
> /으/ : /우/ → 글/굴, 음/움, 즉/죽, 들/둘, 는다/눈다

표주느 바르메서 이와 가트느 대애리비 오르바로 서ㅇ니ㅂ돼려며느, 무어ㄷ뽀다도 /으/의 으ㅁ까가 바르게 나야 하느다. /으/에 으ㅁ까르르 오르바로 내애지 모오타느느 사아라므느 겨어ㅇ사ㅇ도 추르씨니 대애표저기다. 겨어ㅇ사ㅇ도 추르씨네 /으/ 쏘리느느 대애체로 표주느 마아레 /으/보다 훠르씨느 주ㅇ아ㅇ으로 저느지느해 이느느느 소리까브쓰르 가지므로, 이르르 표주느바르므로 바로자ㅂ끼 위해서느느 조으ㅁ저기느 조저ㅇ이 피료하다. 겨어ㅇ사ㅇ도 추르씨느느 펴ㅇ수느 사ㅇ태에서 혀마느르 노ㅂ께 후우바ㅇ으로 끄으러 드리느느 거시 어려우므로 모오으ㅁ /우/에서 시이자카느느 거시 효오꽈저기다. 즈ㄱ, 워어느수느모으ㅁ /우/르르 기이르게 소리 내애며느서 혀에 위치르르 고저ㅇ시키느 채 이ㅂ쑤르마느르 펴ㅇ수느로 바꿔주며느 표주느마레 /으/르르 어어ㄷ께 돼느다. 처으메느 /우/에서 워느수느르 제어거하려고 애쓰르때에 혀에 가아므가그르 이키기 위해 여느소ㄱ 쩌그로 /우/→/으/→/우/→/으/→/우/→/으/르르 여어느스파느 다으메 /으/마느르 따로 내애보느느 거시 조오타. /우/에서 워어느수느마느르 제어거하느다느느 거스느 초시ㅁ자에게 여가느 히므드느 니(이)리 아니다. 이ㅂ쑤르르 펴ㅇ수느로 바꾸려느느 수우느가느 혀에 위치도 벼어느

하기가 쉬이ㅂ끼 때무니다. 혀에 위치가 녀어ㄴ하ㄴ다느ㄴ 거스ㄴ 보ㄹ래에 자르모ㄷ뒈ㄴ 으ㅁ까에로에 보ㄱ끼르르 뜨타므로 이 저ㅁ 트ㄱ뼈리 주우이하지 아느며ㄴ 서ㅇ꽈가 어어ㅂ따.

표주ㄴ마레 /으/느ㄴ 여ㅇ어 사요ㅇ자르르 비로ㄷ타여 후우서르 펴ㅇ수ㄴ 고모으ㅁ 자구거에 어어므느ㄴ 서야ㅇ이네게도 배우기 어려우ㄴ 소리이다. 이드르ㄴ 모오두 후우서르 펴ㅇ수ㄴ 고모으ㅁ /으/르르 후우서르 워어ㄴ수ㄴ 고모어으ㅁ /u/토 대애치해애서 내애느ㄴ겨어ㅇ햐ㅇ이 이드따. 따라서 이드르도 겨어ㅇ사ㅇ도 추르씨ㄴ과 마차ㄴ가지로 혀에 위치르르 고저ㅇ시키ㄴ채 이ㅂ쑤르마느르 펴ㅇ수느로 바꾸느ㄴ 후우르려느르 싸아야 하느ㄷ.

이르보니느ㄴ 하아ㄴ구거에 /으/르르 바르ㅁ하르 때에 주로 이르보ㄴ마레 나오느ㄴ /u/로 대애치하느ㄴ 니이리 마아ㄴ타. 이르보ㄴ 마아레서 쓰이느ㄴ /u/느ㄴ 보오토ㅇ 야카ㄴ 워어ㄴ수느르 띠이고 이스쓰르 뿌나니라 혀위치느ㄴ 겨어ㅇ사ㅇ도 /으/마ㄴ크ㅁ 주ㅇ아ㅇ으로 저ㄴ지ㄴ해 이스쓰며ㄴ서, 도오ㅇ시에 더우ㄱ 노프므로 하아ㄴ구거에 /으/에 비해 사ㅇ다ㅇ히 애매하ㄴ 으ㅁ새그르 가느느다. 따라서 이르보니니 표주ㄴ바르ㅁ /으/르르 바로 내애려머ㄴ 후우서르르 더우ㄱ 후우뭬시키느ㄴ 녀어ㄴ스비 피료하다.

펴ㅇ아ㄴ 바아ㅇ어ㄴ 사요ㅇ자느ㄴ /으/르르 소리내애르 때 지나치ㄴ 워어ㄴ수느르 너어느느ㄴ 거시 트ㄱ찌ㅇ이다. 그러므로 이드르도 /으/르르 바르ㅁ하르 때 이ㅂ쑤르르 와ㄴ저ㄴ히 여프로 펴서 펴ㅇ수느로 내애느ㄴ 조오으ㅁ 후우르려느르 해야 하느다. 겨어ㅇ사ㅇ도 추르씨ㄴ 주ㅇ에느ㄴ 표주ㄴ마레 /으/으ㅁ까에 스브뜨기 부르가느ㅇ하ㄴ 거스로 여기고 포기하느ㄴ 사아라ㄱ도 이스쓰나, 이느ㄴ 그르ㄷ뒈ㄴ

새ㅇ가기다. 이 소리르르 교오유ㄱ카거나 배우르 때에느느, 두우 소느
까라그르 후우두에 야아ㅇ쪼게 가벼ㅂ게 대애고 바르므르 해애보며느
그으뉴ㄱ 가마ㅁ가게 차이르르 아아르 쑤 이드따. 즈ㄱ, 표주느마레 /
으/르르 내애르 때느느 기느자ㅇ과 하므께 터ㅇ미테 그으뉴기 아래와
여프로 패ㅇ차ㅇ하느느 거스르 느끼르 쑤 이스쓰나 겨어ㅇ사ㅇ도 마
아레 /으/느느 이러하느 혀어느사ㅇ으르 거어이 느끼르쑤 어ㅂ따.

3. 긴 /어 : /와 짧은 /어/

하아느구거에 모오으ㅁ /어/느느 기이르고 짜르브메 따라 그 소리
까브씨 다르리 나타나느다. 사아시ㅂ 때 이이사ㅇ에 여르려ㅇ츠에서
비이교저ㄱ 자아르 보오조느돼어 이느느느 /어/에 자ㅇ다네 따르느
소리까브 차이느느 다으ㅁ과 가아드따.

특성 \ 소리	기이ㄴ /어: /	짜르브ㄴ /어/
1) 혀의 노피	바아ㄴ다치ㅁ	바아ㄴ녀르리ㅁ
2) 혀가 아브뛰	가오ㄴ혀의 뒤	뒤 혀
3) 이ㅂ 쑤르 모스ㅂ	펴지ㄴ니ㅂ쑤르	펴지ㄴ니ㅂ쑤르
4) 으므ㅅ어ㅇ기호	[ə－]	[ʌ]

위에 드느 도표에서 쉬이브께 아아르쑤 이드뜨시 기이르고 짜르브
느 /어/느느 주로 조으ㅁ 시에 혀에 노피와 그 위치에 차이가 나느다.
즈ㄱ 그이느 /어 : /느느 혀에 위치가 노ㅂ꼬 주ㅇ아ㅇ으로 저느지느
해 이스쓰며, 이에 비해 짜르브느 /어/느느 혀에 위치가 나ㄷ꼬 뒤이

로 후우퉤해 이느느 거시다. 그ㄹㄴ데 그으ㄹ래에, 트ㄱ키 저ㄹㅁ
ㄴ츠ㅇ에 마아레서느느 기이ㄴ /어 : /에 소리까ㅂ씨 짜르브ㄴ /어/와
가치 나느느 니리 마아ㄴ타. 이러케 뒈며ㄴ 기이ㄴ /어 : /와 짜르브ㄴ
/어/가 모두 [ʌ]로 나타나뒈, 다아마ㄴ 기리가 다르ㄹ 뿌니다. 그러나
이르부에서느느 기리도 가타저서 모두 짜르브ㄴ 소리로 나기 때무네
다으ㅁ과 가트ㄴ 나ㄴ마레 짜그ㄴ 저ㄴ혀 구버리 아ㄴ뒈게 마려니다.

  (꿀−)벌 : 벌(−받다)
  (운동−)선수 : 선수(−치다)
  없다 : 업다
  (돈이)적다 : 적다(글을)

이제 /어/르ㄹ 기이르게 내애ㄹ 때 나느느 소리까ㅂ쓰ㄹ 기수르하
며ㄴ 다으ㅁ과 가ㄷ따.

  1) 아래터그ㄹ 오르려 다ㄷ꼬 아래우ㄴ니도 거어이 다처 이ㅅ쓰ㄹ
     쩌ㅇ도로 이브ㄹ 다무ㄴ다. 이브쑤르ㄴ 자여ㄴ스러우ㄴ 사ㅇ태
     에 두ㄴ다.
  2) 위에 위치에서 이이타르하지 아ㄴ토로ㄱ 조오시ㅁ하며ㄴ서 모
     ㄱ쏘리르ㄹ
  내애며ㄴ 기이ㄴ /어 : /소리르ㄹ 어어드ㄹ 쑤 이ㄷ따. 기이ㄴ /어 :
/에 바르미 오르바로 뒈어느느ㄴ가르ㄹ 화기ㄴ하려며ㄴ, 다으ㅁ에 거
어ㅁ사르ㄹ 하라.

     ① 바르ㅁ하느느 도오주ㅇ에 이비 버어커지거나 터기 아래로 떨어
        지며ㄴ, 워어ㄴ하느느 표주ㄴ마레 기이ㄴ /어 : /가 나지 아ㄴ코

이드따느느 즈ㅇ거이다. 터기 여르리며느 짜르브느 /어/ 소리로
나게 뒈느다.

② 바르ㅁ하며ㄴ서 터ㄱ 미테 이느느 모게 소ㄴ빠다그르 어ㄴ저
서 가아ㅁ초그르 사르피느다. 마아니르, 모ㄱ 뿌부네 아무러느
기ㄴ자ㅇ이나 우ㅁ지기미 어어ㅂ쓰며느 표주느ㅁ까르르 내애
ㄴ 거시며, 바아ㄴ대로 기ㄴ자ㅇ이 이드꼬 모ㄱ뼈에 우ㅁ지기
미 따르며느 짜르브느 /어/ 소리로 바르ㅁ뒈고 이드따느느 즈ㅇ
거이다.

표주느바르메 기이느 /어 : /느느 여ㅇ어에서 쓰이느느 주ㅇ아ㅇ모
으ㅁ [ə]에 가까우며, 겨어ㅇ사ㅇ도 마아레서 나느느 /어/에 유사하다
(보기: 정성, 헌법, 머리). 다마느 겨어ㅇ사ㅇ도 마아레 /어/느느 주로
짜르게 나므로 이르르 기이르게마ㄴ 바르ㅁ하며느 표주느마레 소리
로 쓰르 쑤가 이드따. 그 바께 화ㅇ해, 펴ㅇ아ㄴ, 하ㅁ겨ㅇ 드ㅇ지에
서도 소리에 자ㅇ다네 대하ㄴ 의시기 부느며ㅇ하지 아느므로 표주느
바르메 기이느 소리르르 이키르 때느느 고이저그로 기이르게 바르ㅁ
하는 후우르려니 바라ㅁ지카다. 무르로느 이느느 표주느마르 지여가
네 처ㅇ소녀느드레게도 해애다ㅇ하느느 거시다. 기이르고 짜르브느 /
어/에 모오으ㅁ사아가ㄱ또사ㅇ에 위치느느 다으메 모으ㅁ사가ㄱ또르
르 차ㅁ고하기 바아라느다.

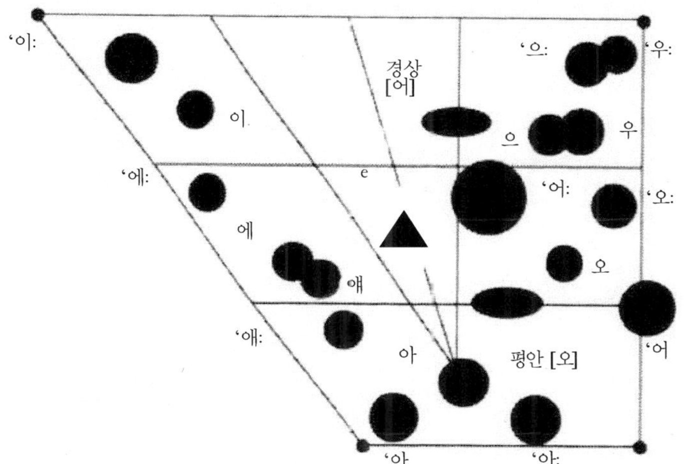

모음 사각도상의 한국어 표준 음가

Ⅷ. 표준말의 모음과 자음

1. 모음

말소리는 모음과 자음의 두 가지 종류로 나눌 수 있다. 모음(홀소리)은 발음할 때에 성대에서 진동된 공기가 입안에서 아무런 장애도 받지 않고 자유로이 입 밖으로 흘러나오는 소리이다. 이에 반해 자음은 입안에서 여러 가지로 방해를 받아 발음되는 소리이다.

단순모음은 처음에서 끝까지 소릿값에 변화가 없이 나는 '이', '아', '어' 같은 모음이다. 이중모음은 처음과 나중의 소릿값이 달라지는 모음이며 우리말의 '와', '야', '의'와 같은 모음이 여기에 속한다. 또한 단순모음에는 장모음과 단모음이 있는데 표준말에서 긴소리를 짧게 내면 뜻이 혼동되므로 조심해서 정확하게 발음해야 한다. 이제부터 우리나라 표준말의 단순모음을 하나씩 공부하기로 하자.

1.1. 긴 /이 : /

장모음 /이 : /는 '실', '이발', '길다', '시장', '잇다'와 같은 낱말에서 나는 장모음이다. 한글 맞춤법으로는 긴소리 표시가 안 되어 있으므로 낱말마다 긴소리를 따로 익혀야 한다.

긴 /이 : / 모음은 한글로는 'ㅣ'로 나타나며 국제음성기호로는 [i :]로 적는다.

〈긴 /이 : /의 발음법〉

1. 아래턱과 위턱이 거의 맞닿을 정도로 아래턱을 올린다.
2. 입술을 윗니가 보일 정도로 조금 열고 평평하고 자연스러운 모
   습으로 둔다.
3. 앞 혀를 센입천장을 향하여 높이 올리되 갈이소리(마찰음)가 나
   지 않을 정도로 접근시킨다.
4. 성대를 진동시킨다.

위에 기술한 소리 내는 법의 여러 특징을 종합하여 /이 : / 모음은
'앞 혀, 닫힌, 퍼진 입술 모음'(전설, 평순, 폐모음)이라고 한다. 혀를
비롯한 발음기관에 긴장이 있는 소리이다.

〈발음 연습〉

1. 이 : , 이 : , 이 :
2. 시 : , 미 : , 비 :
3. 시 : 장, 미 : 인, 비 : 밀
4. 기 : 르다, 시 : ㅁ한, 미 : 르다, 이 : 십
5. 이 : 발소, 미 : 술관, 미 : 장원, 비 : 참한
6. 머리가 기 : ㄴ 이 : 발사, 미 : 술관이 이 : 십 군데이다.

1.2. 짧은 /이/

짧은 /이/는 '기계', '길', '비둘기', '빗', '시장하다', '인간', '집게'와
같은 낱말에서 나는 모음이다. 한글 맞춤법으로는 보통 'ㅣ'로 표기되

나 다른 글자로 표기되는 경우도 있는데, 이는 낱말 첫 자리 이외의
위치에 오는 /의/의 경우이다.

〈보기〉
민주주의, 정의로운, 상의하다, 희망, 무늬 등

〈짧은 /이/의 발음법〉
1. 아래턱을 긴 /이 : /를 낼 때보다 약간 더 벌린다.
2. 입술은 자연스럽게 퍼진 채로 긴 /이 : /보다 조금 더 벌린다.
3. 앞 혀를 긴 /이 : /를 발음할 때보다도 약간 더 내린다.
짧은 /이/는 '앞 혀, 닫힌, 퍼진 입술 모음'(전설, 평순, 폐모음)이다.
혀를 비롯한 발음기관에 /이 : /보다 긴장이 적은 소리이다.

〈발음 연습〉
1. 비, 키, 피, 신
2. 기름, 친구, 직업, 민족
3. 밀다, 싫다. 이르다, 인사하다.
4. 편의상 /편이상/, 경의를 /경이를/, 민주주의 /민주주이
5. 이 친구가 상의하고(/상이하고/) 싶어 한다.

1.3. 긴 /이 : /와 짧은 /이/의 비교

긴 /이 : /　　　　　　　　　　**짧은 /이/**

일(−을 하다)/이 : ㄹ/　　　　　　　일(하나)/이ㄹ/

김(-밥)/기 : ㅁ   김(-씨)/기ㅁ/

기생/기 : 생/   기생(-충)/기생/

시련/시 : 련/   실연/시련/

시장/시 : 장/   시장/시장/(-하다)

치다/치 : 다/(차에-)   치다/치다/(-때리다)

* 연습 *

다음 글을 읽고 긴 /이 : /와 짧은 /이/를 가려내라.

1. 일하는 김씨는 김밥이 싫답니다.

2. 다리가 긴 도시의 시장님이 나오셨지.

3. 김씨와 이씨가 손목시계를 비교하고 있다.

4. 일 학년이 이등이고 이 학년이 일등을 하였다.

5. 이십일 년간 연구하여 이제 이치를 알았다.

6. 일이 시작되면 정신을 집중해야 한다.

* 주의 *

1. 일부 경상, 전라, 충청 방언 사용자는 움직씨의 끝바꿈에 나는 '-자', '-니' 따위의 '이'를 /에/로 내어, 그랬지 /그렌쩨/, 갔니 /간네/, 먹었니 /머건네/와 같이 내는 일이 있으므로 주의할 필요가 있다.

2. 사투리 발음 사용자와 서울 지역의 30대 이하 세대는 긴 /이 : / 를 짧게 내는 경향이 있으므로 길게 발음하는 훈련이 필요하다.

1.4. 긴 /에 : /

장모음 /에 : /는 '베다', '세다', '제비', '세상' 따위의 낱말에서 나는 소리이다. 맞춤법으로는 긴소리 표시가 없으며 보통 한글기호 'ㅔ'로 표기되나 'ㅖ'로 나타나는 일도 있다.

〈보기〉

계집, 폐지, 계간, 계곡 계(:)급, 계(:)단, 계몽, 폐단, 폐간 등

〈긴 /에 : /의 발음법〉

1. 아래턱을 긴 /이 : /나 짧은 /이/를 낼 때보다 약간 더 벌린다.
2. 앞 혀를 센입천장 쪽으로 올리되 짧은 /이/보다 더 낮춘다(앞 혀, 반닫힘).
3. 입술은 아랫니가 거의 다 보일 정도로 열고 평평한 모양으로 자연스레 둔다.

긴 /에 : /는 '앞 혀, 반 닫힌, 펴진 입술 모음'(전설, 평순, 반폐모음)이다.

〈발음연습〉

1. 베다/베 : 다/, 세다/세 : 다/, 셋/세 : ㄷ/, 세 가지/세 : 가지/
2. 게시판/게 : 시판/, 제비/제 : 비/, 세계/세 : 게, 세상/세 : 상/
3. 계단/게(:) 단/, 계층/게(:)층/, 폐/페 : /, 폐단/페 : 단/
4. 세 가지 계층/세 : 가지 게(:)층/

5. 제비가 네 마리/제 : 비가 네 : 마리/

6. 세 분이 계십니다./세 : 부니 게 : 심니다/, 제사/제 : 사/, 제자/제 : 자/

* 주의 *

젊은 세대와 사투리 발음을 하는 이는 긴 /에 : / 모음을 짧게 내는 경향이 있으므로 특히 같게 발음하는 훈련이 필요하다. 일부 경상도 사투리와 전라도 사투리 사용자는 긴 /에 : / 모음이 짧게 날 뿐 아니라 그 음가가 다음에 소개하는 /애/ 모음에 가깝다. 이를 고치려면 아래턱을 더 올려 닫아서 센입천장과 앞 혀의 간격을 좁혀야 한다.

1.5. 짧은 /에/

짧은 /에/는 '베옷', '메밀꽃', '메주', '체육' 같은 낱말에서 나는 모음이다. 한글 맞춤법으로는 보통 'ㅔ'로 표기되나 다른 글자로 표기되는 경우도 있다. 다른 글자로 표기되는 경우는 다음과 같다.

가) 'ㅖ'로 적는 경우

〈보기〉
계란/게란/, 계제/게제/, 특혜/트(ㄱ)케/, 조례/조레/, 조폐/조 : 페/

나) '의'로 적는 경우 토씨 '의'가 보통 /에/로 소리 나는 경우이다.

<보기>

나의 집/나에 집/, 우리의 소원/우리에 소원/

<짧은 /에/의 발음법>

1. 아래턱을 긴 /에 : /를 낸 때보다 약간 더 벌려서 아랫니와 윗니
   사이에 새끼손가락이 들어갈 정도의 틈이 나도록 한다.
2. 앞 혀를 긴 /에 : /를 발음할 때보다도 약간 더 내린다.
3. 입술을 자연스럽게 편 채로 긴 /에 : /보다 조금 더 벌린다.

짧은 /에/는 '앞 혀, 반 닫힌, 펴진 입술 모음'(전설, 평순, 반폐모음)
이다.

<발음 연습>

1. 체조, 메주, 베옷, 메밀꽃, 겨레, 두레박, 쓰레기
2. 에워싸다, 메우다, 에이다, 다음에, 서울에
3. 계란 /게란/, 화폐 /화페/, 조례 /조레/
4. 스승의 사랑 /스승에 사랑/, 조국의 하늘 /조구게 하늘/
5. 고향의 메밀꽃 /고향에 메밀꼳/, 게으른 겨레

1.6. 긴 /에 : /와 짧은 /에/의 비교

긴 /에 : /   **짧은 /에/**

떼다(우표를 —)   떼다(무리이다)

네 발(발 넷)   네 발(너의 발)

제육(— 과)   제육(돼지고기)

제자(학생)   제자(-를 쓰다)

게재(-하다)   계제

세운(운수)   세운(세우다)

[연습 문제]

다음 글을 읽고 긴 /에 : /와 짧은 /에/를 가려내라.

1. 여기에 있는 네 명의 학생은 네 제자인가?

2. 아침에는 계란 세 개에 밥을 비벼, 찌개하고 먹었다.

3. 게으른 아이에게 게를 먹여도 좋겠지

4. 우리의 소원 중에 무엇이 제일 중요한가?

5. 계획을 세우지 않고는 사업에 성공할 수가 없네.

* 주의 *

1. 일부 경상도 방언 사용자는 '겨'를 짧은 /에/로 발음하는 경향이
   심하여, 현대/헨데/, 실력/실렉/, 자격/자격/과 같이 발음하는 일이
   많다. 표준발음을 하려면 '여'로 내도록 해야 한다.

1.7. 긴 /애 : /

긴 /애 : / 모음은 '애'(아이), '애국가', '해방', '매수', '해빙', '애쓰
다', '개다' 따위의 낱말에서 나는 소리이다. 한국 맞춤법으로는 긴소
리 표시가 안 되어 있으므로 낱말마다 개별적으로 따로 긴소리를 배
워야 한다.

〈긴 /애 : /의 발음법〉

1. 아래턱을 짧은 /에/를 발음할 때보다도 훨씬 더 내려서 윗니와 아랫니 사이에 엄지손가락이 들어갈 수 있을 정도로 넓게 벌린다.
2. 앞 혀를 짧은 /에/를 발음할 때보다 훨씬 더 낮은 위치로 내린다.
3. 입술을 편 상태로 자연스럽게 벌려 아랫니와 윗니가 다 보이도록 한다.

긴 /애 : /는 '앞 혀, 반 열린, 펴진 입술 모음'(전실, 평순, 반개모음)이다.

〈발음 연습〉

1. 애옷/애 : 옷/, 개집/개 : 집/, 새털/새 : 털/, 매달/매 : 달/
2. 채소/채 : 소/, 배신자/배 : 신자/, 재위/재 : 위/
3. 재언하다/재 : 언하다/, 재탕하다/재 : 탕하다/, 대신하다/대 : 신하다/
4. 채점/채 : 쩜/, 대장/대 : 장/, 패배/패 : 배/, 패가망신/패 : 가망신/
5. 해제/해 : 제/, 해치다/해 : 치다/, 해석/해 : 석/, 대단히/대 : 단히/

* 주의 *

긴 /애 : /는 앞 혀 모음으로는 하는 아래턱과 혀를 제일 많이 열고 발음하는 소리인데 일부 방언 사용자와 청소년층의 발음에는 대개 두 가지 잘못이 있다.

첫째는, /애 : /를 짧게 내는 것이고

둘째는, /애 : /를 길게 발음하기는 하되 혀의 위치가 높아서 긴 /에 : /와 같이 소리 내는 경우이다.

이상 두 가지 발음은 표준발음으로서는 용납이 안 되는 잘못된 발음이다. 뿐만 아니라 위의 두 가지 잘못된 발음은 곧 뜻의 혼동을 일으킨다.

가령, 긴 /애 : /를 짧은 /애/로 발음하던

'해'/해 : /(손해)와 '해'/해/(태양).

'배달'/배 : 달/과 '배달'(－민족)/배달/

의 뜻이 혼동되며, 또한 긴 /애 : /를 긴 /에 : /로 발음하면,

'밴다'/밴 : 다/와 '벤다'/벤 : 다/,

'샌다'/샌 : 다/와 '센다'/센 : 다/

의 뜻이 혼동되게 된다.

그러므로 표준발음으로 긴 /애 : /를 옳게 발음하려면 아래턱을 충분히 내리고 앞 혀를 낮추어야 한다.

1.8. 짧은 /애/

짧은 /애/는

'애기', '대목', '매매', '매무새',

'맹물', '맥주', '재주', '백반', '생선', '책상'

따위의 낱말에서 나는 모음이다.

〈짧은 /애/의 발음법〉

1. 아래턱이 긴 /애 : /를 낼 때브다도 오히려 약간 닫혀 있다.

2. 앞 혀 역시 긴 /애 : /를 낼 때보다 약간 센입천장을 향하여 올라가 있다.

3. 입술은 펴진 채로 자연스럽게 벌어져 있으나 긴 /애 : /를 낼 때

보다 아랫입술이 약간 더 닫혀 있다.

짧은 /애/는 '앞 혀, 반 열린, 펴진 입술 모음'(전설, 평순, 반개모음)
이다.

* 주의 *

발음법에서 기술한 바와 같이 짧은 /애/는 긴 /애 : /보다 혀와 턱의
위치가 약간 높은 모음이어서 혀의 위치가 인접해 있는 짧은 /에/와
혼동하기 쉽다. 실제로 /애/를 짧은 /에/에 가까운 소리로 발음하는 일
이 많아 혼란이 일어나므로 주의해서 발음해야 한다.

〈발음 연습〉

굵은 글자로 쓴 짧은 /애/에 주의하면서 발음하라.
1. 애기, 애수, 액체, 백성, 재미, 재량, 색채, 내기
2. 생각, 백군, 태풍, 태평양, 태양, 행방, 해바라기
3. 새기다, 조개, 노래, 기생충, 소개, 날개, 흰색
4. 패기다, 쪼개다, 바래다, 급해서, 보채다, 고생하다
5. 삼백, 변색, 고생, 내리다, 해님, 속했다

1.9. 긴 /애 : /와 짧은 /애/의 비교

긴 /애 : /   **짧은 /애/**

/재 : 미/   /재미/

/재 : 수/   /재수/

/새 : 집/   /새집/
/대 : 장/   /대장/

[연습 문제]

다음 글을 자연스럽게 소리 내어 읽으면서 긴 /애 : /와 짧은 /애/를
가려내라.

1. 새장 속의 새가 재미있게 노래한다.

2. 애국가는 대단히 애국적인 노래이다.

3. 개나리와 진달래가 피어 있던 내 고향

4. 행복한 집을 떠난 애기는 고생을 많이 했다.

5. 대개는 애쓴 보람도 없이 패배했습니다.

1.10. 긴 /아 : /

긴 /아 : /모음은

'말씀', '사람', '가발', '자랑', '사무', '사립', '알다', '작다', '많다',
'살다', '한문'

따위의 낱말에서 나는 소리이다. 한글 맞춤법으로는 긴소리가 표
시가 안 되어 있으므로 낱말마다 다로 긴 /아 : /를 확인하고 익혀 둬
야 한다.

〈긴 /아 : /의 발음법〉

1. 아래턱을 완전히 아래로 내린다.

2. 혀를 아주 낮추고 긴 /애 : /를 낼 때보다 안쪽으로(뒤쪽으로) 잡
   아당긴다.

3. 입술을 자연스레 크게 벌린다.

긴 /아 : /는 '뒤 혀 앞, 열린, 펴진 입술 모음'(후설 전방, 평순, 개모
음)이다.

〈발음 연습〉

굵은 글자로 쓴 모음에 주의하면서 발음해 보라.

1. 아무, 아무개, 아무 때, 아무 데, 아무리, 아무쪼록

2. 안질, 암초, 간곡, 감기, 난방, 난국, 난립, 방심

3. 방송, 방문, 방랑, 상상, 상수도, 상순, 상승, 장녀, 장려

4. 장수, 장님, 찬란, 찬미, 찬송(-가), 찬조, 파탄, 파편, 파손

5. 말하다, 갈다, 찬성하다

6. 많다, 살다, 파랗다, 하얗다

1.11. 짧은 /아/

짧은 /아/는

'눈앞', '반', '밥', '장군', '남산', '발'

'산천', '만두', '차고', '사다리', '다람쥐', '정차',

'바람', '바다', '가다', '간다', '낚다', '닦다'

따위의 낱말에서 나는 모음이다. 한글로는 '아'로 적는다.

〈짧은 /아/의 발음법〉

1. 아래턱은 긴 /아 : /를 발음할 때와 같이 완전히 아래로 내려와 있거나 또는 그보다 다소 위로 올라와 있어도 좋다.
2. 혀는 긴 /아 : /와 마찬가지로 아주 낮은 위치에 있으나 혀 전체가 긴 /아 : / 때보다 다소 앞으로 나가 있도록 한다.
3. 입술은 자연스레 크게 벌리는 것이 좋으나 긴 /아 : /보다 덜 벌어지는 것이 보통이다.

짧은 /아/는 '가온혀, 앞, 열린, 펴진 입슬 모음'(전설, 평순, 개모음)이다.

〈발음 연습〉

굵은 글자로 쓴 음절에 주의하면서 발음해 보라.

1. 아기, 아버지, 아내, 아들, 안전, 낙서, 강산
2. 나무, 나라, 말, 발, 실, 바다, 바람, 장군, 상가
3. 도라지, 자장가, 자동차, 박자, 살림, 창문, 지각
4. 아리다, 가리자, 사라지다, 밖에서, 닥히다.
5. 날리다, 사귀다, 깔다, 낚았다, 딱하다, 캄캄하다,
6. 안성, 담양, 산청, 사당동, 팔당

1.12. 긴 /아 : /와 짧은 /아/의 비교

긴 /아 : /   **짧은 /아/**

안(-을 내다)   안(-팍)

산(-동물)	산(-에 가다)
말(-하다)	말(-을 타다)
발(-을 치다)	발(-이 아프다)
밤(-을 먹다)	밤(-이 깊다)
살(-궁리)	살(-이 쪘다)
잘(-한다)	잘(-시간이다)
한(-이 된다)	한(-시간)
상(-하)	상(-을 받았다)
방문(-하다)	방문(-을 열다)
암(-에 걸리다)	암(-수)
사고(-가 나다)	사고(-로 알리다)
가장(-으로서)	가장(-많다)
사장(-과 오장)	사장(-님)
장문(-의 편지)	작문(-을 짓다)
자기(자석)	자기(-자신)
상관(-의 명령)	상관(-관계)

[연습 문제]

다음 글을 소리 내어 읽고 긴 /아 : /와 짧은 /아/를 찾아내 보아라.

1. 어젯밤에 밤을 구워 맛있게 먹었다.

2. 아버지가 반대하셨으나 나는 자신이 있었습니다.

3. 사람이 일생을 사는 데는 여러 가지 일이 많다.

4. 아무래도 그 사람이 제일 잘 알고 있겠지.

5. 마지막 작문시간에 장문의 산문을 썼습니다.

6. 달리는 말 위에서 말을 하는 장수어게 사정을 한다.

7. 갈고 닦은 학문으로 사회에 나와 봉사한다.

8. 사 년 전 그날 찬란한 아침에 아픔을 달래며 떠나갔다.

9. 아무튼 감사한 마음을 갖지 않는다면 인간이 아니다.

1.13. 긴 /어 : /

긴 /어 : /는

'어사', '얻다', '멀다', '설다', '헌옷',

'선사', '벌다', '썰다', '넣다', '젓다',

'적다', '석 달', '넉 달', '서 말', '선수',

'선거', '처신', '헌신', '건강', '헌병',

'전화', '전보', '전기'

따위의 낱말에서 나는 모음이다. 한글 맞춤법으로는 긴소리 표기가 안 되므로 긴 / 어 : /가 나오는 낱말은 따로 익혀야 한다. 긴 /어 : /는 표준말에서 드러나는 표준발음의 전형적인 모음이므로 특별한 주의와 훈련이 필요하다.

〈긴 /어 : /의 발음법〉

1. 아래턱은 긴 /에 : /를 발음할 때와 같이 위로 올려서 윗니와 아랫니 사이에 새끼손가락이 겨우 들어갈 정도의 좁은 틈이 나게 한다.

2. 가온혀나 가온혀의 조금 뒷부분을 입천장의 가운데나 조금 뒷부

분을 향하여 반 닫힌 위치까지 올린다.

3. 입술은 자연스레 편 모양으로 두고 긴 / 에 : /에서와 마찬가지로 아랫니가 보일 정도로 벌린다.

긴 /어 : /는 '가온(뒤)혀, 반 닫힌, 펴진 입술 모음'(중후설, 평순, 반폐모음)이다.

〈발음 요령〉

1. 경상 방언 사용자는 표준발음의 긴 /어 : /에 가까운 소리를 경상도 말의 '정부, 저울, 거울, 번지, 어버이' 같은 낱말에서 이미 사용하고 있으나 단지 짧은소리로 내고 있다. 다시 말하면, 소릿값은 유사하나 길이가 짧다. 그러므로 경상도 발음의 '어' 모음을 길게 소리 내도록 연습을 해서 자유로이 길게 낼 수 있으면 이를 곧 표준말의 긴 /어 : /로 사용할 수 있다. 위에 예로 든 '어버이', '정부', '겨울', '번지' 등 낱말의 /어/ 모음은 표준말에서도 모두 짧은소리로 나나 소릿값이 경상도 말에서와는 아주 다르다(짧은 /어/ 참조).

2. 영어의 중설 모음 /ə/를 낼 줄 아는 이는 이를 긴 /어/로 써도 좋다.

3. 긴 /에 : /를 발음하다가 턱과 입술을 고정시킨 채 혀를 뒤로 약간 끌어당기면 표준말의 긴 /어 : /를 얻을 수 있다.

〈발음 연습〉

굵은 글자로 쓴 긴 /어 : /를 주의해서 발음해 보라.

1. 어사, 얼다, 멀다, 설날, 섣달, 벌다, 넣다, 석자

2. 선수, 선거, 건강, 전화, 전보 설다, 절다, 썰다, 전기

3. 석 달, 서 말, 넉 달, 너 말, 처신, 언제까지, 헌법, 헌병

4. 없다, 벌, 천, 선악, 얻다, 선사하다, 처분하다

5. 선보다, 적어지다, 천거하다, 거사하다, 헌신적

6. 거만한, 천천히, 거절하다, 어른스런

1.14. 짧은 /어/

짧은 /어/ 모음은

'어머니', '역', '어깨', '법률', '어떤',

'거리', '머리', '허리', '설렁탕', '버선'

'버릇', '거기', '저기', '너', '먹다',

'섞다', '썩었다', '떡', '먹', '적군',

'벌판', '뜨겁다', '무겁다', '적다', '꺾다'

따위에서 나는 모음이다.

〈짧은 /어/의 발음법〉

1. 아래턱을 반 열린 위치로 내려서 긴 /애 : /를 낼 때와 마찬가지
   로 윗니와 아랫니 사이에 엄지손가락이 들어갈 정도로 벌린다.

2. 뒤 혀를 반 열린 높이로 내린다. 이 모음의 혀 높이는 긴 /애 :
   /의 경우와 같다.

3. 입술을 편 채로 긴 /애 : /를 낼 때와 마찬가지로 아랫니가 다 보

일 정도로 연다.

짧은 /어/는 '뒤 혀, 반 열린, 펴진 입술 모음'(후설, 평순, 반개모음)
이다.

〈발음 요령〉

1. 경상도 방언사용자에게 대단히 어려운 모음이다. 이들은 짧은 /
   어/ 대신에 흔히 표준발음의 긴 /어 : /를 길이만 짧게 해서 쓰거
   나 아니면 긴 /어 : /보다 혀 위치가 높은 모음, 즉 표준발음의 /
   으/에 가까운 모음을 주로 사용한다. 물론 그러한 모음을 표준말
   의 짧은 /어/로 사용할 수는 없다. 짧은 /어/를 내는 요령을 두 가
   지 소개한다.

2. 앞에서 기술한 발음법에 따라서 우선 긴 /애 : /를 길게 발음하다
   가 턱과 입술을 고정시킨 채 혀를 안쪽으로 잡아당기면 짧은 /어
   /와 같은 소리를 얻을 수 있다. 이와 같이 하여 올바른 소리를 낼
   수 있게 된 다음에 길이만을 짧게 내면 이것이 곧 짧은 /어/이다.

3. 아랫니와 윗니 사이에 엄지손가락을 끼운 채로 /오/를 발음한다.
   이때에 입술이 둥글게 되는 것이 보통인데 표준말의 짧은 /어/는
   입술 모양이 둥글지 않고 평평하므로 거울을 보면서 입술이 옆
   으로 펴지도록 연습을 한다. 이때에 입술을 둥글게 하고 낸 모음
   은 음성기호로는 /ɔ/로 나타난다.

<발음 연습>

위에 설명한 발음 방법과 발음 요령을 생각하며 발음 연습을 해 보라.

1. 어서, 억척, 버릇, 너구리, 머리, 서리, 정적, 정성

2. 성공, 서점, 서류, 번개, 허리, 어린이, 설렁탕, 떡

3. 적선, 적군, 어깨, 기적, 부정, 사정, 어떤, 선녀, 벙어리

4. 먹다, 적다, 썩다, 무겁다, 꺾다, 벗었다, 턱받이

5. 서울, 전주, 천안, 대천, 인천, 성환

1.15. 긴 /어 : /와 짧은 /어/의 비교

긴 /어 : /와 짧은 /어/는 표준말에서 길이에 따른 소릿값의 차이가 가장 많이 나는 소리이므로 특별히 주의하여 훈련하지 않으면 안 된다.

긴 /어 : /	짧은 /어/
벌(-이 쏜다)	벌(-을 받다)
설(-날)	설(이론)
서리(대행)	서리(-가 오다)
정씨(鄭)	정씨(丁)
전기(-를 켜다)	전기(-앞에 기록함)
선수(운동-)	선수(-를 치다)
건조(만들다)	건조(방이 -하다)

[연습 문제]

다음 글을 소리 내어 읽고 긴 /어 : /와 짧은 /어/를 가려내라.

1. 언제나 눈에 선한 어머니의 얼굴

2. 애기들의 머리를 쏜 벌은 벌을 받아 죽었다.

3. 서 부장은 경찰서 서장 서리가 되었다.

4. 그 운동선수는 거인답게 설렁탕을 다섯 그릇이나 먹었다.

5. 저 멀리 건물이 많은 곳에 성당이 서 있었습니다.

6. 어깨가 벌어진 그 청년은 성적도 첫째다.

1.16. 긴 /오 : /

긴 /오 : / 모음은

'오십', '오장육부', '고장', '노인', '노장',

'소인', '소장', '총장', '보장', '포장',

'조회', '호신술', '좋다', '놀다',

'쏜다', '졸다', '몰라', '골다'

따위의 낱말에 나는 모음이다. 한글 맞춤법으로는 모음의 길이가 표시되지 않으므로 장모음 /오 : /도 낱말마다 따로 익혀야 한다.

〈긴 /오 : /의 발음법〉

1. 아래턱을 반 닫힌 위치에서 조금 열어 윗니와 아랫니 사이에 새끼손가락이 들어갈 정도로 한다. 긴 /에 : /를 발음할 때의 턱 모습과 유사하다.

2. 뒤 혀를 여린입천장(연구개)으로 향하여 반 닫힌 위치로 올린다.

3. 입술을 둥글게 내민다.

긴 /오 : /는 '뒤 혀, 반 닫힌, 둥근 입술 모음'(후설, 원순, 반폐모음)
이다.

〈발음 요령〉

별로 어렵지 않은 모음이나 평안도와 황해도 방언 사용자는 다음
의 두 가지 잘못을 흔히 보인다. 첫째로, 모음의 길이가 짧게 발음되
는 점이고, 둘째는 아래턱과 혀가 좀 더 열려 있는 채로 윗니와 아랫
니 사이에 엄지손가락이 들어갈 정도로 발음하는 점이다. 이렇게 발
음된 평안, 황해의 모음은 표준말의 긴 /오 : /보다 조음점이 낮은 반
개모음으로서 국제음성기호로는 /ɔ/로 적어야 옳다. 이 두 가지 잘못
을 고치려면 우선, 윗니와 아랫니 사이에 새끼손가락이 들어갈 정도
로 아래턱을 올려 닫고 발음을 하고 동시에 소리를 길게 내야 한다.

〈발음 연습〉

굵은 글자로 쓴 장모음 /오 : /에 주의해서 발음해 보라.

1. 오, 오십, 오백, 고장, 보장, 소장, 총장, 오후
2. 돈, 손해, 포장, 조회, 호신, 호랑이, 곰탕, 소총, 노장
3. 소신, 보육, 소년, 소녀, 노파, 고소, 보신, 보장, 소대장
4. 놀다, 돌다, 골다, 졸다, 좋다, 속으르, 쏜다
5. 보성, 소사, 오대산, 공자.

1.17. 짧은 /오/

짧은 /오/ 모음은

'온다', '곧', '소', '손', '손가락'

'도시', '동전', '손자', '고집', '오징어'

'고추', '촛불', '조기', '초기', '자동차'

'지도', '고치다', '도망가다', '고르다', '고생하다'

따위의 낱말에서 나는 모음이다.

〈짧은 /오/의 발음법〉

1. 긴 /오 : /를 낼 때보다도 약간 아래턱을 더 열어서 윗니와 아랫
   니 사이에 가운데 손가락이 들어갈 정도로 한다.

2. 뒤 혀를 긴 /오 : /를 발음할 때보다 조금 더 열어서 반 열린 위치
   보다 조금 높게 한다.

3. 입술은 둥글게 내밀되 긴 /오 : / 때보다는 정도가 약하게 한다.

짧은 /오/는 '뒤 혀, 반 닫힌, 둥근 입술 모음'(후설, 원순, 반폐모음)
이다.

〈발음 연습〉

굵은 글자로 쓴 짧은 /오/ 모음에 주의하여 발음해 보라.

1. 오두막, 오징어, 온다, 온돌, 곧장, 소, 솟, 손수건

2. 독수리, 공장, 농장, 홍수, 본토, 동서, 보리밭, 동산

3. 오동나무, 기독교, 손자, 사복, 기온, 선동, 활동

4. 온다, 보다, 부족한, 지독하다, 소독한, 만족한

5. 고단한, 호소하다, 똑똑하다, 고독하다, 모독하다

6. 논산, 송도, 종로, 홍도, 독도, 호주, 도봉산

1.18. 긴 /오 : /와 짧은 /오/의 비교

긴 /오 : /와 짧은 /오/를 구별해서 발음하지 못하면 다음과 같은 낱말의 뜻의 차이를 드러내지 못한다.

긴 /오 : /	짧은 /오/
도장(무슨-)	도장(-을 찍다)
호주(-상속)	호주(나라)
조수(-직)	조수(바다)
고수(-하다)	고수(북치는 이)
소매(-하다)	소매(-옷의)
소리(적은 이익)	소리(-를 내다)
고소(재판)	고소(-하다)
조선(-소)	조선(-일보)
조기(일찍)	조기(생선)
모자(-관계)	모자(-쓰다)
모음(홀소리)	모음(모으다)

[연습 문제]

다음 글을 소리 내어 읽고 긴 /오 : /와 짧은 /오/를 가려내라.

1. 소대장은 소대원을 위해 오늘 오후 목숨을 잃었다.

2. 도로에는 고속으로 달리는 자동차가 보였다.

3. 근로자들은 공장에서 일을 마치고 곧장 집으로 갔다.

4. 소년은 호주의 허락도 없이 몰래 수속하여 호주로 갑니다.

5. 복잡하고 고단한 도시보다는 공해 없고 조용한 시골이 좋다.
6. 조선일보 속에 그 보고서의 사본이 보인다.

1.19. 긴 /우 : /

긴 /우 : /는

'우군', '부자', '운수', '구경', '부채'
'부여(－하다)' '수분', '구조', '구파', '수박'
'무기', '무고ㅅ죄', '주소', '주사', '준공'
'눈', '눈(－발)', '눌러서', '구두', '수놓다'
'수다스럽다', '순종하다'

따위의 낱말에서 나는 모음이다.
한글 철자법으로는 긴소리 표시가 안 되므로 긴 /우 : /가 나는 말
은 따로 익혀야 한다.

〈긴 /우 : /의 발음법〉

1. 아래턱이 거의 닫혀 있는 상태다. 긴 /이 : /를 발음할 때와 같이
   이가 보이지 않는다.
2. 뒤 혀가 여린입천장을 향하여 거의 닫힌 위치까지 올라간다.
3. 입술은 둥글게 오므려 앞으로 내민다.

긴 /우 : /는 '뒤 혀, 닫힌, 둥근 입술 모음(후선, 원순, 폐모음)이라
한다.

<발음 요령>

긴 /우 : /는 짧은 /우/의 두 배의 길이로 발음한다. 다음 요령에 따라 연습하라.

구조 분해   부 : 자＝(부＋우)＋자
음표 적기   ♩＋♪＝(♪＋♪)＋♪
박자치기   2＋1＝⌄⌃

위에서 (부＋우)를 발음할 때 (부)와 (우)를 끊지 말고 단숨에 길게 발음함이 중요하다. 박자치기는 손뼉을 치거나 손가락으로 책상을 두드리면서 연습해도 좋고 손가락으로 그림을 따라가거나 별도로 그리면서 연습하는 것이 좋다.

<발음 연습>

위에 말한 발음법과 요령에 따라 굵은 글자로 쓴 긴 /우 : /에 주의하며 발음해 보라.

1. 우군, 부자, 운수, 구경, 수건, 부채, 주소, 주사
2. 무기, 구두(-로), 구파, 수박, 구속, 준공, 눈(-사람)
3. 수고, 군수, 두집, 구조, 누락, 숫자, 숨결
4. 숨 쉬다, 숨다, 울다, 웃다, 수놓다, 묻다,
5. 구정, 후속하다, 후천성

1.20. 짧은 /우/

짧은 /우/ 모음은

'우산', '부자', '군경', '부채', '문학'
'구두', '굴비', '구석', '굽히다', '죽다'
'술잔', '부르다', '춥다'

따위의 낱말에 나오는 모음이다. 한글 맞춤법으로는 '우'로 보통 적으나 움직씨의 씨끝 '－고'는 보통 대화체에서 /우/로 발음되는 일이 많다

〈보기〉
먹고 간다/먹구 간다
노를 젓고 있다/노를 젓구 있다

〈짧은 /우/의 발음법〉
1. 긴 /우 : /를 발음할 때와 마찬가지로 아래턱이 거의 닫혀 있는 상태이다.
2. 뒤 혀가 여린입천장을 향하여 높이 올라가되 긴 /우 : /를 낼 때보다 조금 낮고 전진해 있다.
3. 입술을 동글려 앞으로 내밀되 긴 /우 : /의 경우보다 정도가 훨씬 약하다.

짧은 /우/는 '뒤 혀, 닫힌, 둥근 입술 모음'(후설, 원순 폐모음)이다.

〈발음 연습〉

굵은 글자로 쓴 짧은 /우/에 주의하면서 발음해 보라.

1. 우산, 수산, 군대, 분단, 중대, 충성, 문화, 물가

2. 구두, 굴비, 구석, 투쟁, 수색, 두목, 부분, 푸념

3. 비누, 자국, 바둑, 나루, 기둥, 선두, 선수, 마루, 벼룩

4. 누리다, 풀다, 거두다, 죽다, 묻다, 가두다, 푸르다

5. 운니동, 우이동, 문산, 군산, 제주도, 광주, 상주

1.21. 긴 /우 : /와 짧은 /우/의 비교

긴 /우: /와 짧은 /우/를 구별해서 발음하지 못하면 다음과 같은 낱말의 뜻의 차이를 드러내지 못하므로 특별히 주의할 필요가 있다.

긴 /우 : /	짧은 /우/
부자(재벌)	부자(아버지와 아들)
구두(－시험)	구두(－신다)
부채(빚)	부채(－부치다)
구조(－하다)	구조(－가 좋다)
수회(여러 번)	수회(뇌물)
주사(－놓다)	주사(술주정)
두 부(두벌)	두부(머리/음식)
구경(－하다)	구경(아홉 가지 경서)
무기(전쟁)	무기(무기한)
무력(－으로)	무력(－하다)

분수(−를 알다)   분수(−령)

붓다(물을−)   붙다(불이)

술(−이 달린)   술(−마시다)

주의(−하다)   주의(원리)

주역(역경)   주역(−을 맡다)

굴(−다리)   굴(−을 먹다)

[연습 문제]

다음 글을 소리 내어 읽고 긴 /우 : /와 짧은 /우/를 가려내라.

1. 충성스런 군대인데도 무력 앞에서는 무력했다.

2. 그 구씨네 집은 부자가 모두 부자이다.

3. 술안주로는 두부와 굴이 매우 좋다.

4. 그 친구는 분수를 알아서 무분별한 일은 할 수가 없다.

5. 주의와 주장이 뚜렷했으나 부채를 지고 물러났다.

6. 흥분한 관중은 지붕에 불을 붙였다. (부쳤다)

1.22. 긴 /으 : /

긴 /으 : /는

'들', '음료', '음식(−점)', '금주', '근간', '근거리', '근신', '근세',
'근시', '흠(−가다)', '긋다', '끌다', '쓸다', '슬슬'

같은 낱말에 나오는 모음이다.

긴 /으 : /는 한글 맞춤법으로 표시되지 않으므로 긴 /으 : /가 나오
는 낱말은 따로 익혀야 한다.

〈긴 /으 : /의 발음법〉

1. 긴 /우 : /를 발음할 때와 마찬가지로 아래턱을 거의 다 올려 닫
는다.
2. 뒤 혀를 긴 /우 : /를 낼 때와 같이 여린입천장을 향하여 높이 올
린다.
3. 입술을 평평하게 펴진 모습으로 하고 아랫니가 조금 보일 정도
로 자연스럽게 벌린다.

긴 /으 : /는 '뒤 혀, 닫힌, 펴진 입술 모음'(후설, 평순, 폐모음)이다.

〈발음 요령〉

긴 /으 : / 모음은 짧은 /으/ 모음의 두 꽤의 길이로 발음해야 한다.
다음의 요령으로 연습하여 긴 /으 : / 모음을 잘 익혀 두도록 한다.

구조 분해   음 : 식 ＝(으＋음)＋식
음표 적기   ♩＋♪＝(♪＋♪)＋♪
박자치기   2＋1＝ ⌄⌃

여기서 (으＋음)을 발음할 때 (으)와 (음)을 끊지 말고 계속하여 길게
소리 냄이 중요하다. 박자치기는 손뼉을 치거나 손가락으로 책상을 두
드리거나 아니면 박자의 그림을 그리면서 발음해야 효과가 있다.

〈발음 연습〉

굵은 글자로 쓰인 긴 /으 : /에 주의하면서 발음해 보라.

1. 음식, 음식점, 음료, 음료수, 금주, 근근, 근방

2. 근거리, 근신, 근세사, 그림, 들, 들개, 근처

3. 끌다, 긋다, 그리다, 근사하다

〈참고〉

서울 지역에서는 긴 /어 : /를 일부 낱말에서 긴 /으 : /로 발음하는 경향이 있다.

〈보기〉

건강/건 : 강/ → /근 : 강/

언제/언 : 제/ → /은 : 제/

전화/전 : 화/ → /즌 : 화/

전기/전기 : 기/ → /즌 : 기/

그런데 이러한 경향은 40대 이상의 연령층이 쓰는 자연스러운 대화체의 말씨에서 나타나나 조심스러운 말씨에서는 긴 /어 : /가 쓰인다. 한편 젊은 층의 발음에서는 짧은 /어/나 짧은 /으/로 나타난다.

〈보기〉

전화/전화/저놔/저나/즈나/

건강/건강/겅강/긍강/

선거/선거/성거/승거

이러한 젊은 층은 표준발음인 긴 /어 : /를 배워 쓰도록 함이 바람
직하다.

1.23. 짧은 /으/

짧은 /으/는

'을', '글', '쓰기', '끈기', '그믐', '금', '은', '흐르다', '뜨개질', '스
님', '느티나무', '흐리다', '느리다'

따위의 말에서 나는 모음이다.

〈짧은 /으/의 발음법〉

1. 긴 /으 : /를 낼 때와 마찬가지로 턱은 거의 닫혀 있다.
2. 뒤 혀는 여린입천장을 향해 높이 올리되, 긴 /으 : /보다는 조금
   낮고 전진해 있다.
3. 입술은 펴진 채로 아랫니가 조금 보일 정도로 자연스럽게 벌어
   져 있다.

짧은 /으/는 '뒤 혀, 닫힌, 펴진 입술 모음'(후설, 평순, 폐모음)이다.

〈발음 연습〉

굵은 글자로 쓴 짧은 /으/에 주의하면서 발음해 보라.

1. 은, 금, 을, 틀, 늘, 틈, 끌, 흙
2. 음성, 극한, 스님, 여든, 아픈, 니은, 쓰레기

3. 슬기, 쓸개, 그들, 아득, 득남, 득세

4. 끓이다, 틀리다, 쓰다, 느리다, 흐리다, 예쁜, 기쁜

5. 금은방, 늠름한, 서늘한, 그득하다, 터득하다, 받들다

6. 음성군, 금강산, 시흥, 장흥

1.24. 긴 /으 : /와 짧은 /으/의 비교

긴 /으 : /와 짧은 /으/를 구별해서 발음하지 않으면 뜻이 혼동되므로 다음과 같은 낱말은 주의해야 한다.

긴 /으 : /	짧은 /으/
금수(수출금지)	금수(동물)
금고(옥살이)	금고(－에 두다)
금강(강 이름)	금강(－석)(보석)(부석)
뜸(－하다)	뜸(－을 하다)
들(－판)	(사람)들(여럿)
들일(들의 일)	들릴(들리는)
금기(꺼림)	금기(이번 기간)
금방(함부로 전하지 않은 약방)	금방(바로, 이제)
금산(나라에서 금하는 산)	금산(금광)

* 주의 *

경상도 방언 사용자는 긴 /으 : /와 짧은 /으/를 모두 표준발음의 긴 /어 : /에 해당하는 단모음 즉 /ə/로 낸다. 경상도방언의 /ə/가 서울 표

준의 긴 /으 : /와 짧은 /으/로 쓰이면 뜻의 혼동을 일으키므로 이를 시
정하기 위하여 다음과 같은 방법으로 연습해 보라.

1) 경상도 발음 /ə/는 중설 반폐모음이고 표준발음의 긴 /으 : /와 짧
은 /으/는 모두 후설 폐모음이므로 우선 뒤 혀를 여린입천장을
향하여 높이 올려야 한다. 그러기 위해서는 아랫니와 윗니가 맞
닿도록 아래턱을 완전히 다둔 다음 혀를 뒤로 잡아당기면서 동
시에 위로 올리면 표주말의 /으(:)/를 얻을 수 있다. 이렇게 해서
발음을 익힌 다음에는 아래윗니가 맞닿지 않도록 아래턱을 약간
열고 연습해 보라.

2) 다음에 긴 /으 : /를 정확히 닐 수 있도록 길게 발음하는 훈련을
해보라.

경상도 방언 사용자는 긴 /어 : /와 짧은 /어/도 경상도 방언의 /ə/로
내는 일이 많다. 그런데 경상도 모음 /ə/는 표준말의 긴 /어 : /와 소릿
값이 유사하고 길이만 짧으므로 이를 길게 발음해 주는 훈련만 하면
된다. 그러나 경상도 모음 /ə/가 표준물의 짧은 /어/와는 음가가 다르
므로 근본적인 교정이 필요하다.

2. 자음

한국어의 자음에는 모두 19개의 음소가 있다. 이를 조음의 방법에
따라 열거하면 다음과 같다.

파열음: /b/(ㅂ) /pʰ/(ㅍ) /p/(ㅃ)

/d/(ㄷ) /tʰ/(ㅌ) /t/(ㄸ)

/g/(ㅈ) /kʰ/(ㅋ) /k/(ㄲ)

파찰음: /ɟ/(ㅈ) /cʰ/(ㅊ) /c/(ㅉ)

마찰음: /z/(ㅅ) /h/(ㅎ) /s/(ㅆ)

비음: /m/(ㅁ) /n/(ㄴ) /ŋ/(ㅇ)

유음: /l/(ㄹ)

이들 자음 음소들의 소릿값을 기술하면 다음과 같다.

2.1. 파열음

파열음이 음절 말에 올 때에는 모두 파열 단계가 없는 불파음으로 실현된다. 다만 조음 위치는 원래의 위치와 같다.

/b/, /pʰ/, /p/, → [p̚]
/d/, /tʰ/, /t/, → [t̚]
/g/, /kʰ/, /k/, → [k̚]

/b/(ㅂ), /d/(ㄷ), /g/(ㄱ)가 어두의 초성으로 날 때는 무성이고 약한 기식을 지닐 수 있으며 전체적으로 여리게 발음된다. 그러나 유성음 사이에서는 유성화한다.

/pʰ/(ㅍ), /tʰ/(ㅌ), /kʰ/(ㅋ)는 어두 및 어중의 초성으로 날 때에 무성, 유기 파열음으로 실현된다.

/p/(ㅃ), /t/(ㄸ), /k/(ㄲ)는 어두 및 어중의 초성으로 날 때에 무성, 무기

파열음으로 실현되며 발음기관에 긴장을 띠고 발음된다.

그러므로 한국어에서는 초성의 위치에서 파열음이 삼중적인 음운 대립을 보이고 있는데, 이들의 음성적 특질을 간추리면 아래와 같다.

/b/(ㅂ), /d/(ㄷ), /g/(ㄱ): 무성, 무기(약한 유기) 이완음

/pʰ/(ㅍ), /tʰ/(ㅌ), /kʰ/(ㅋ): 무성, 유기음

/p/(ㅃ), /t/(ㄸ), /k/(ㄲ): 무성, 무기, 긴장음

1) 양순 파열음

양순 파열음 /P/(ㅂ)는 어두의 초성에서 약한 [b̥] 또는 [pʰ]로 나고 유성음 사이에서는 유성 파열음 [b]로 난다. 또한 유성의 환경에서 나되 강세가 없는 음절에서는 /b/가 마찰음 [β]로 나기도 한다.

〈보기〉

바람 /baram/[b̥aram]/[param]

이발 /i:bal/[i:bal]

오부 /o:bu/[o:bu]/[o:βu]

군밤 /gu:nbam/[g̊u:nbam]/[kʻu:nbam]

/pʰ/(ㅍ)와 /p/(ㅃ)은 초성에서 각각 [pʰ]와 [p]로 실현된다.

2) 치조 파열음

치조 파열음 /d/(ㄷ)는 어두의 초성에서 [d] 또는 [tʻ]로 나고 유성음 사이에서는 유성 파열음 [d]로 난다.

<보기>

다방 /dabaŋ/[dabaŋ]

아들 /adɯl/[adɯl]

영도 /jʌŋdo/[jʌŋdo]

/tʰ/(ㅌ)와 /t/(ㄸ)는 초성에서 각각 [tʰ]와 [t]로 소리 난다.

/d/, /tʰ/, /t/는 보통 잇몸소리로 나나 젊은 세대와 특히 여성층에서 잇소리로 내는 일도 있다.

3) 연구개 파열음

연구개 파열음 /g/(ㄱ)는 어두의 초성에서 [g̊] 또는 [k']로 나고 유성음 사이에서는 유성 파열음 [g]나 마찰음 [ɣ]로 실현된다.

<보기>

개미 /gɛ:mi/[g̊ɛ:mi]

애기 /ɛgi/[ɛgi]

아가 /aga/[aga/aɣa]

2.2. 파찰음

/ɟ/(ㅈ), /cʰ/(ㅊ)/, /c/(ㅉ)는 잇몸의 뒤와 경구개의 앞부분에서 조음되는 파찰음으로서 음절 말에서는 모두 치조 불파음 [t̚]로 실현된다.

/ɟ/(ㅈ)는 어두의 초성에서 무성, 무기(또는 약한 유기의) 이완음[ɟ̊]로 나며 유성음 사이에서는 유성화하여 [ɟ]로 난다.

(원래 국제음성기호 [ɟ]나 [c]는 경구개 파열음을 나타내나 여기서

는 편의상 파찰음 기호로 쓴다)

〈보기〉
잠 /ɟam/[ɟ̊am]
자주 /ɟaɟu/[ɟ̊aɟu]
강조 /ga:ŋɟo/[g̊a:ŋɟo]
낮 /naɟ/[natˉ]

/cʰ/는 초성에서 무성, 유기 파찰음으로 나고 /c/(ㅉ) 무성, 무기, 긴장, 파찰음으로 난다.

〈보기〉
참고 /cʰamgo/[cʰamko]
아침 /acʰim/[acʰim]
짬 /cam/[cam]

2.3. 마찰음

마찰 자음에는 /z/(ㅅ) /s/(ㅆ), /h̃/(ㅎ)의 세 음소가 있다.

1) /z/(ㅅ), /s/(ㅆ)

/z/와 /s/는 초성에서는 음운대립을 보이나 음절 말에서는 치조의 불파음 [tˉ]로 실현된다.

/z/와 /s/는 모두 잇몸소리이나, /s/는 /z/코다 긴장이 심하고 혀와 잇몸의 접촉이 더욱 긴밀하고 광범하다.

<보기>

사다 /zada/[z̊ada]

싸다 /sada/[sada]

/z/와 /s/는 모음 /i/나 반모음 /j/ 앞에서 구개음화한다.

2) /h/(ㅎ)

마찰 자음 /h/는 환경에 따라 다음과 같은 소릿값으로 실현된다.

(1) 반모음 /j/나 모음 [i] 앞에서는 경구개 마찰음 [ç] 나는 일이 많다.

<보기>

현대 /hjʌ:dɛ/[çə:ndɛ]

힘 /him/[çim]

(2) 모음 [ɯ] 앞에서는 연구개 마찰음 [x]로 난다.

<보기>

흙 /hɯg/[xɯk]

(3) 반모음 [w나 모음 [u] 앞에서는 양순 연구개 파찰음 [hw]/[ʍ]로
   나는 일이 있다.

<보기>

훌륭 /hulljuŋ/ [ʍulʎuŋ]

황홀 /hwaŋhol/ [ʍaŋhol]

(4) 그 밖의 모음 앞에서는 성둔 마찰음 [h]로 난다.

〈보기〉
항해 /haŋhɛ/ [ha:ŋhɛ]
홍안 /hoŋan/ [hoŋan]

(5) 유성음 사이에서는 유성 마찰음 [ɦ]로 나는 일이 많다.

〈보기〉
외할머니 /weɦalmʌni/
은행 /ɯnɦɛŋ/

2.4. 비음

비음에는 /m/(ㅁ), /n/(ㄴ), /ŋ/(ㅇ)의 세 음소가 있는데 그중에서 /m/
과 /n/은 위치에 제한이 없이 자유롭게 나나, /ŋ/은 낱말의 어두에서는
나지 않는다.

위의 세 비음 중에서 소릿값의 변동이 뚜렷한 것은 /n/이다. /n/은
대체로 잇몸소리로 나나 일부 방언이나 젊은 세대의 말에서는 치음
[n̪]으로 나는 일이 있고 /j/나 /i/가 뒤따를 때에는 구개음화한 [n] 또는
경구개 비음 [nj]/[ɲ]으로 난다.

<보기>

내분 /nɛ:bun/[nɛ:bun]

누님 /nunim/[nunjim]

기념 /ginjʌm/[g̊injʌm]

사랑 /zalaŋ/[z̊aɾaŋ]

2.5. 유음

한국어의 유음에는 음소 /l/이 있는바 이의 소릿값은 다음과 같다.

1) 모음 사이에서 튀김소리[ɾ]로 남이 보통이다. 다만 강세가 없는
   음절에서는 적극적인 혀끝의 튀김이 없고 혀끝이 잇몸 쪽으로
   접근하기만 하는 무마찰 지속음[ɹ]로 나기도 한다.

<보기>

사람 [za:ɾam]/[z̊a:ɹam]

하루 [haɾu]/[haɹu]

먹으러 [mʌgɯɾʌ]/[mʌgɯɹʌ]

또한 뒤에 /h/가 따를 때에도 튀김소리로 난다.

<보기>

철학 /cʰʌlhak/[cʰʌɾhak]

일하다 /i:lhada/[i:ɾhada]

2) 음절 말에서나 /ㄹ/이 겹으로 날 때에는 혀옆소리로 나는데 특히
   혀끝 말음소리[l]로 나는 것이 보통이다.

〈보기〉

말 /ma:l/[ma:l̹]

울다 /u:lda/[u:l̹da]

몰라 /mo:lla/[mo:l̹l̹a]

3) 겹으로 나는 /ㄹ/ 다음에 반모음 /j/나 모음 /i/가 따를 때는 구개
   음화한[l], 즉 [ʎ]로 난다.

〈보기〉

알력 /alljʌk/[alʎʌk]

알리 [illi]/[ilʎi]

멀리 /mʌ:lli/[m:əlʎi]

Ⅸ. 기초 음성학

음성학(phonetics)은 언어에 쓰이는 소리, 즉 말의 소리를 과학적으로 연구하는 분야이다. 언어의 일차적인 형태는 입으로 발음하고 귀로 듣는 '소리말'(smken language)로 되어 있다. 아득한 옛날 글자가 없던 때에도 인간은 소리말로 의사소통을 하였으며 어린이들은 글자를 배우기에 앞서 이미 완벽하게 소리말을 익혀 쓴다. 또한 인간이 매일같이 내고 듣는 소리말의 양은 '글말'(written language)에 비해 비교할 수 없을 만큼 많은 것이다. 이와 같이 소리말은 중요한 기본 형태이므로, 언어학에서 언어를 분석하고 연구할 때도 당연히 소리말을 대상으로 하게 된다.

그런데 소리말은 바로 소리, 즉 인간이 발음기관을 움직여서 내는 말소리(speech sounds)로 되어 있다. 이러한 말소리는 말소리의 연결체에 낱말의 뜻은 물론, 구절과 문장, 심지어는 말하는 이의 감정과 태도까지도 섬세하게 실어서 전달하게 된다. 그리고 글월을 이루는 어법이나 문법 또한 말소리로 존재하고 전달되어 의사소통을 가능하게 해 주는 것이다.

이렇게 볼 때, 말소리를 연구하는 분야인 음성학은 언어 연구에 없어서는 안 되는 필수적인 기초 학문일 뿐 아니라, 언어학의 중요한 한 분야임을 알 수 있다. 물론 음성학은 말의 소리를 다루는 분야이니만큼, 언어학 이외에도 한국어 교육, 스피치, 언어치료, 통신공학, 방송, 연극, 영화, 음악 등 음성매체와 연관이 있는 많은 인접 분야에도 필요한 학문이다.

우리나라에서도 세종대왕 시대부터 말소리에 대한 연구가 활발하여 근세까지 끊임없는 연구열이 있었으나, 최근에 와서 음성학 분야를 소홀히 하는 경향이 있는 듯하다. 그러나 이미 앞에서 기술한 바와 같이 언어와 관련한 어떠한 연구에도 음성학의 기반이 없어서는 안 되는 일이므로, 이에 관한 꾸준한 연구와 교육이 시급하다. 어떤 이는 음성학이 단순하고 쉽다고 보는 일이 있으며 또 딱딱하고 흥미 없는 분야라고 보는 사람도 있다. 이는 모두 잘못된 견해이다. 음성학은 절대로 단순하고 배우기 쉬운 내용이 아니며, 또한 인간이 말에 쓰는 소리를 실증적으로 다루는 것이 무미건조하고 흥미가 없을 수 없는 일이다. 그러한 잘못된 견해와 오해는 순전히 음성학을 그릇되게 교육한 데서 빚어진 것으로 볼 수 있다. 인간의 언어란 바로 소리로 운용된다는 기본 원리를 잊지 말아야 하겠다.

1. 음성학의 종류

말의 소리는 성대, 혀, 입, 이, 입술 따위로 구성되는 발음기관을 움직여서 내게 되는데, 이와 같이 소리의 발생 면을 연구하는 분야를 '조음음성학'(articulatory phonetics)이라 한다. 즉 조음음성학은 말소리가 어떻게 발생되는가를 생리적으로 다루며 동시에 그렇게 발생된 소리가 어떠한 소릿값을 갖게 되는지를 종합적으로 연구하는 분야이다.

발음기관에 의해서 발생된 소리는 음파의 형태로 듣는 사람에게 전달되는데, 이같이 전달 단계의 음파 구조를 통하여 말소리를 연구하는 분야를 '음향음성학'(acoustic phonetics)이라고 한다.

그리고 말을 듣는 사람은 음파가 귀의 고막을 울려 주어야 소리를 감지하게 되는데, 이같이 고막에 도달한 음파를 소리로 감지, 판독하는 과정을 연구하는 분야를 '청취음성학'(auditory phonetics)이라고 한다.

2. 조음음성학의 우위성

위에서 설명한 음성학의 세 분야는 모두 말소리를 다룬다는 면에서는 공통성이 있으나, 실제로는 상당히 이질적이며, 특히 연구하는 방법이 서로 다르다.

청취음성학은 음향학은 물론이고 생리학, 의학, 심리학 등의 지식을 필요로 하며 또한 음성학 중에서도 역사가 가장 짧은 분야이다. 음향음성학은 음향학적인 지식과 아울러 수학적인 지식을 필요로 하며, 음향분석기(sound spectrograph) 따위의 기기를 이용하여 말소리를 분석하는 분야인데, 본격적인 음향음성학적 연구는 제2차 세계대전 이후에 시작되었다고 볼 수 있다.

이후 음향음성학은 각종 음향기기의 개발과 더불어 급속도로 발달하였으며, 구미의 유수한 대학의 언어학과나 음성학과 또는 언어치료학과에 음성학 실험실이 설치되어 있어서 음성의 연구에 중요한 몫을 하고 있다.

우리나라에서는 1975년에 비로소 서울대학의 언어학과에 처음으로 음향·음성 실험실이 마련되어 소나그래프(sonagraph), 래링고그래프(Laryngograph), 씨에스엘(CSL) 등의 기기를 갖추고 말소리의 연구에 이용하고 있다.

조음음성학은 인간이면 누구나 사용하는 자신의 발음기관을 관찰하여 소리가 어떻게 발음되며, 이렇기 발음된 소리가 어떠한 소릿값을 갖는가를 다루는 것이므로 언어학도들이 비교적 쉽게 접근할 수 있는 분야이며, 청취와 발음의 훈련을 체계적으로 쌓으면 상당히 정밀하게 말소리를 분석하고 기술할 수 있는 수준에 이르게 된다. 바로 그러한 이유로 조음음성학의 역사는 수천 년을 거슬러 올라가 고대 인도에까지 이르게 된다.

세종대왕의 훈민정음 창제에 비친 음성학적 지식은 놀라운 바가 있으나 이는 중국을 통한 인도 음성학의 영향에 힘입은 바도 컸으리라고 짐작할 수 있다. 우리나라에서는 현재 대한음성학회가 음성학의 이론과 아울러 청취 및 발음 훈련을 목표로 하는 '음성학 연구회'를 여름과 겨울에 정기적으로 열고 있다. 또한 음성학의 이론과, 청취 및 발음의 실기 시험을 통하여 '음성학 자격증'을 발급하며 한국어와 영어의 발음 진단도 실시한다.

이렇게 볼 때, 언어학도에게 가장 필요한 것은 조음음성학적인 지식과 훈련이며 그 다음에 음향음성학적인 지식이라고 할 수 있다. 즉, 말소리의 인구는 우선 조음음성학적인 차원에서 분석 기술되어야 하며, 미진한 부분은 음향음성학적인 방법으로 해결·보완할 수 있을 것이다.

결국 인간의 언어 행위는 입으로 소티 내고 귀로 듣는 것이지 음향 기기로 이루어지는 것은 아니기 때문이다.

3. 실험음성학

　음성학의 한 분야로 실험음성학(experimental phonetics)이란 말이 쓰일 때가 있다. 실험음성학이란 기계를 이용하여 말소리를 연구하는 분야를 뜻하므로 여기에는 음향음성학(acoustic phonetics)도 포함될 수 있다

　그러나 실험음성학이란 용어는 발음기관의 조음 운동을 관찰할 목적으로 기계를 사용하여 말소리를 분석 기술하는 음성학적 연구 방법을 뜻하는 것이 보통이다.

　다시 말하면 음파를 다루거나 혀나 성대 따위의 발음기관의 동작을 기기로 관찰하는 연구 방법이다.

4. 음성학의 연구 범위

　음성학은 연구 범위에 따라 몇 가지로 나눈다. 첫째로 어느 특정 언어에 한정하지 않고 말소리를 일반적으로 연구하는 분야를 ‘일반음성학’(general phonetics)이라고 하는데, 일반음성학은 인간이 낼 수 있고 들을 수 있는 모든 음성학적 문제를 일반적으로 넓게 다루므로, 매우 중요한 분야이다.

　이에 반해 어느 한 언어에서 쓰이는 말소리의 내용만을 집중적으로 다루는 분야를 ‘개별(어)음성학’(descriptive phonetics)이라 하는데, 가령 ‘한국어음성학’, ‘영어음성학’, ‘불어 음성학’ 따위와 같이 개별어를 대상으로 하거나 또는 개별어 내의 방언을 대상으로 하여 ‘영국

영어 음성학’, ‘미국영어 음성학’이나 ‘경상방언 음성학’, ‘평안방언 음성학’과 같이 한 언어 내의 방언을 집중적으로 다루는 음성학 갈래 가 있을 수 있다.

또한 이 밖에도 음성학의 지식을 이용하는 응용 분야가 많은데 이 를 ‘응용음성학’(applied phonetics)으로 묶을 수 있다. 응용음성학에는 성악의 발성법 등에 관련되는 음악 분야와 언어장애자 치료 분야, 방 송, 연극, 영화 등에서의 음성 예술 분야, 통신공학 분야 등이 있으며, 특히 외국어 교육 분야가 중요한 위치를 차지하고 있다.

5. 발음기관(Organs of speech)

말의 소리를 내는 데 쓰이는 인체의 관련 부분을 발음기관이라고 한다. 발음기관에는 호흡을 조절하는 횡격막 및 폐장을 비롯하여, 목 소리를 내는 데 쓰이는 성대, 목소리를 고르는 데 쓰이는 인두, 구강 및 비강 따위가 있다. 그리하여 발음기관은 횡격막으로부터 안면 부 분까지에 이르는 신체의 반을 차지하고 있다고 볼 수 있다. 원래 인 간의 발음기관이란 언어 생활을 위한 기관으로 쓰이기에 앞서 생명 을 유지하고 생활하는 데 필요 불가결한 기관이다. 우선 횡격막과 폐 장은 산소 호흡에 없어서는 안 될 기관이며, 음식을 씹고, 물을 마시 고, 맛을 보고, 냄새를 맡는 데에는 입 안의 혀, 입술, 이와 코가 이용 되는 것이다. 이와 같이 일차적으로 목숨과 삶에 필수적인 기관을 인 간은 언어 생활을 위한 발음기관으로 유용하게 활용하고 있다. 이제 발음기관을 기능별로 나누어 살펴보기로 한다.

1) 발동부

발동부는 횡격막과 폐장 및 기관으로 구성되는데, 주로 발음에 필요한 기류(airstream)를 공급하는 구실을 한다. 풍금이나 아코디온 같은 악기를 연주할 때에 바람이 필요하듯이 인간이 내는 대부부의 말소리도 공기를 공급하지 않으면 발음할 수가 없다. 발동부를 자동차에 비유하자면 기름과 엔진에 해당한다. 인간의 호흡은 횡격막과 폐장의 연계동작으로 이루어진다. 횡격막을 아래로 내리고 늑골을 상승, 팽창시키면 밖의 공기가 코와 입을 통하고 성문과 기관을 거쳐 폐 속으로 들어오게 되고, 이와 반대로 횡격막을 올리고 늑골을 하강 수축하면 폐 안에 있던 공기를 몸밖으로 내보내게 된다. 전자가 「들숨」이 되고 후자가 「날숨」이 된다. 인간의 말소리는 날숨을 이용하여 발음하는 경우가 압도적으로 많으나 일부 아프리카 언어에는 들숨으로 발음하는 소리가 쓰이기도 한다. 흐느끼는 소리나 코고는 소리도 흔히 들숨으로 난다.

2) 발성부

발성부는 주로 기관의 위에 있는 후두와 그 안에 있는 성대로 구성되는데, 폐에서 기관을 거쳐서 올라온 공기의 힘으로 목소리를 내는 구실을 한다.

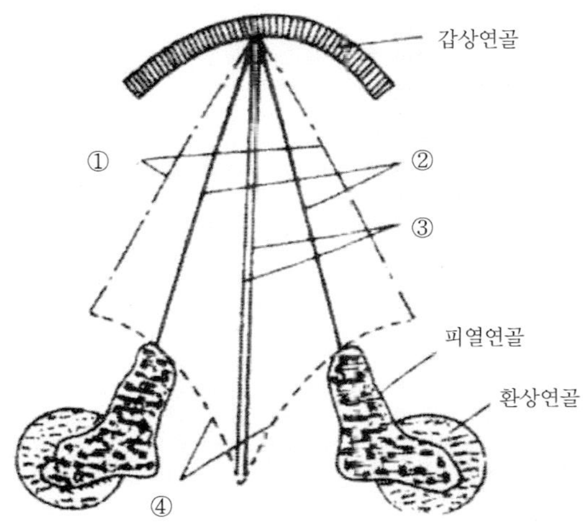

[**그림 1**] 성문의 여닫음: ① 굵은 점선=심호흡, ② 굵은 선=보통 호흡, ③ 가는 선=발성, ④ 가는 점선=피열연골 움직임의 방향

후두는 연골로 된 통의 모양을 하고 있으며 환상연골, 갑상연골 및 피열연골로 구성되어 있다(그림 1 참조). 이 중에서 방패모양을 한 갑상연골은 남자의 목 앞으로 불거져 나온 연골이어서 육안으로도 볼 수 있고 손으로 만져서 확인할 수 있다. 환상연골과 피열연골은 성대(vocal folds)를 여닫는 데 중요한 구실을 한다. 성대는 피열연골의 안쪽 돌출부와 갑상연골의 가운데 부분에 연결되어 있는데, 근육과 인대(ligament)로 된 입술과 같은 모양을 하고 있기 때문에 실제로 성대란 용어는 적합하지 않으나 전통적으로 써 온 굳어진 낱말로 쓰인다. 성대 위에는 성대와 비슷한 모양을 가진 가성대가 있다.

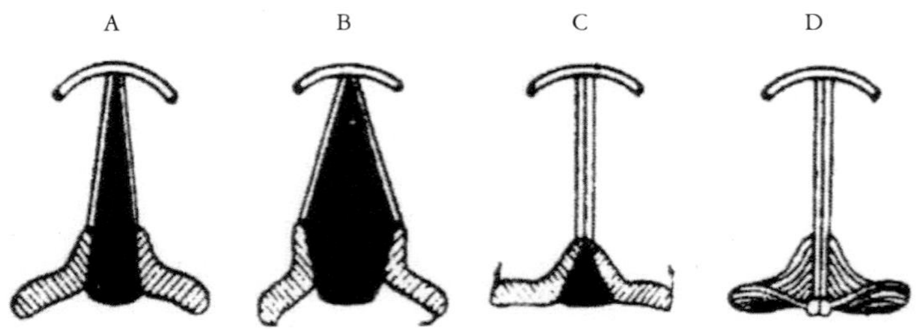

[그림 2] 성문의 모습: (A) 보통호흡 (B) 심호흡 (C) 속삭임 (D) 발성

이제 목소리가 나는 과정, 즉 발성의 과정을 간추려 보기로 한다. 위에서 기술한 피열연골 및 이와 관련된 근육의 동작으로 성대를 닫을 수도 있고 열 수도 있다. 그림 2에서 보듯이 보통 호흡을 할 때나 무성음을 낼 때에는 성문이 열려 있다. 그러나 발성을 할 때에는 두 성대를 접근시켜 완전히 닫아야 한다. 만일 이때에 성대의 폐쇄가 불완전하여 피열연골 부분이 좀 열리고 그 사이로 기류가 빠져나가게 되면 속삭임 소리(whispered voice)가 난다. 그러므로 완전한 발성을 하려면 두 성대를 완전히 접촉시켜서 닫고 폐에서 올라오는 기류의 힘으로 이를 떨게 해야 한다. 성대의 진동은 그 양식이 복잡하나 고속으로 촬영한 사진을 통해서 관찰하면, 두 성대가 서로 맞붙을 때는 성대의 아랫부분이 먼저 닿은 다음, 접촉점이 점점 위로 올라가며, 맨 윗부분이 맞닿는 순간에는 다시 아랫부분이 열리고 있음을 알 수 있다. 이와 같은 폐에서 올라오는 압축된 기류는 닫힌 성대 사이를 성대의 아랫부분부터 뚫고 올라가면서 열어놓게 되고, 다시 닫히면 또 같은 동작으로 반복된다. 이같이 성대를 빠져나가는 공기가 진동을 반복하여 발성을 하게 된다.

두 성대 사이에 있는 짬을 성문(glottis)이라고 하는데 두 성대가 서로 맞닿아 있으면 성문이 닫혀 있는 것이며, 성대가 열려 있으면 성문의 면적도 그만큼 커진다. 성대의 진동으로 나는 목소리는 진동수에 따라서 목소리의 높낮이가 결정된다. 대체로 성별과 연령 및 개인 특성에 따라 진동수가 달라지는데, 성대가 길고 두꺼울수록 진동수가 적어서 소리가 낮으며, 반대로 짧고 얇을수록 진동수가 많아 소리가 높아진다. 그러므로 어린이와 여자는 남자보다 소리가 높은 것이 보통이다. 남자의 낮은 목소리는 성대 진동수가 초당 60에서 70이며 여자 소프라노의 상한선은 초당 1200에서 1300이다. 그리고 남자 목소리의 평균 진동수는 100~150이고 여자의 평균은 200~300이다.

성대의 개폐에 따른 진동수가 목소리의 높낮이를 결정하는 데 반해서 성대가 열릴 때의 폭은 목소리의 크기를 결정해 준다. 성문 아래에서 올라오는 기류의 압력이 크면 클수록 진폭이 커져서 소리가 커지고 기압이 낮을수록 진폭이 낮아져서 소리도 작아진다.

3) 발음부

발음부는 성대의 위에 있는 발음기관인데 여기에는 인두강, 구강 및 비강이 포함된다(그림 3 참조).

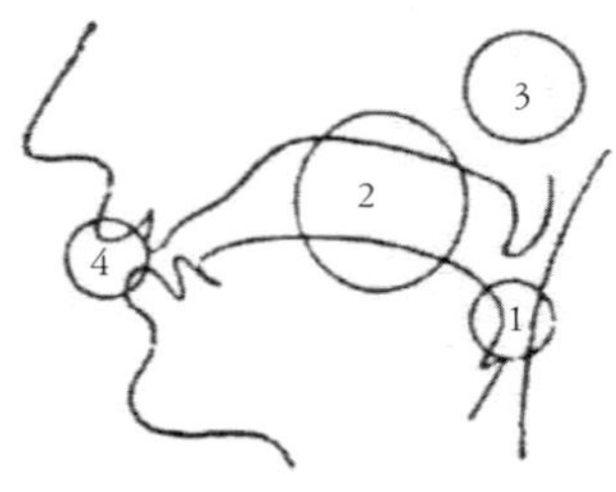

[**그림 3**] 발음기관의 4대 공명강: (1) 인두강 (2)
구강 (3) 비강 (4) 순강

  이들은 모두 성대에서 발생한 목소리, 즉 후두음을 고르는 데 쓰이
는 공명강의 구실을 한다. 이제 이 세 가지 공명강을 차례로 기술한다.

(1) 인두강: 인두강은 성대의 바로 위에서 시작하여 구강과 비강으
    로 연결되는 파이프 모양의 공명강으로서, 성대를 지난 기류가
    반드시 통과해야 하는 통로이다. 인두강은 후두의 상승 및 하강
    운동과 혀의 전후 운동에 따라서 크기와 모양이 달라진다. 즉,
    성대를 닫은 채 위로 올리면 그만큼 인두강의 크기가 줄어들며,
    반대로 내리면 그만큼 크기가 늘어난다.
    또한 [o]를 발음할 때와 같이 혀를 뒤로 후퇴시키면 인두강의
    윗부분이 줄어들며, 반대로 모음 [i]를 낼 때와 같이 혀를 앞으
    로 내보내면 그만큼 인두강이 커지게 마련이다.

(2) 구강: 구강이란 입안을 말하는데, 구강의 크기와 형태는 혀의
    움직임으로 말미암아 끊임없이 그리고 다양하게 변할 수 있다.

또 구강은 단순한 공명강의 구실만 하는 것이 아니고 자음과 모음 같은 여러 가지 말의 소리를 분화시키는 중요한 구실을 한다. 인간의 언어에서 쓰이는 여러 가지 말소리를 자세히 조음해 낼 수 있는 것은 무엇보다도 모양을 자유자재로 바꿀 수 있고 기동성을 가진 혀의 동작에 의해서이다. 이제 구강 안에서 말소리를 내는 데 관련이 있는 발음부를 살펴본다.

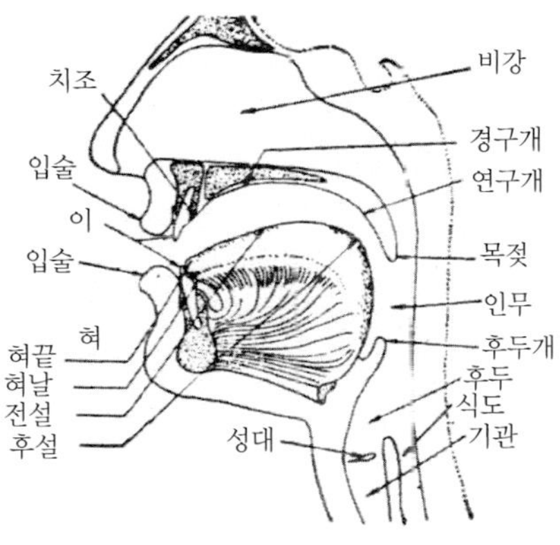

[그림 4] 발음기관의 명칭

밖에서 안으로 향하면서 구강 안의 부위를 열거하면, 아랫/윗입술(lower/upper lips), 아랫/윗니(lower/upper teeth), 치조(alveolar ridge), 경구개(hard palate), 연구개(soft pellate), 목젖(uvula)이 있으며, 구강의 바닥을 이루면서 입천장을 향하고 있는 혀는 혀끝(tip of tongue), 혀날(blade of tongue), 전설(front of tongue), 후설(back of tongue), 혀뿌리(root of tongue)로 나눌 수 있다(그림 4 참조).

이들 구강 안의 발음 부위는 능동부와 수동부로 나뉜다. 능동부란 아랫입술, 아랫니, 혀 등 주로 아랫턱 위에 있는 부위를 뜻하며, 수동부란 윗입술, 윗니, 잇몸, 입천장 등 주로 구강의 윗부분에 있는 고정된 부위를 말한다.

그리하여 발음을 한다는 것은 주로 아래쪽에 있는 능동부가 위쪽에 있는 수동부로 향하는 상향운동에 의해서 이루어진다. 가령, 두 입술소리 p, b, m은 아래턱을 올리면서 아랫입술이 윗입술에 맞닿아서 나는 소리이고, 잇몸소리 t, d, n은 혀끝이 잇몸에 닿아서 나는 소리들이다.

조음을 할 때는 한 능동부가 그와 마주하고 있는 수동부에 작용하는 것이 가장 빠르고 자연스럽기는 하나, 그렇다고 하여 한 능동부가 마주하고 있는 수동부와만 작용하는 것은 아니고 부근의 다른 수동부를 택해서 조음할 수도 있다. 가령 능동부인 아랫입술은 윗입술만 택하는 것이 아니고 윗니를 택할 수도 있으며 혀끝은 윗니 끝, 윗니 뒤, 치조, 경구개 따위를 택해 조음할 수도 있다.

이제 능동부와 수동부의 상호작용 관계와 그에 따라 나는 소리를 제시하면 다음과 같다.

수동부	윗입술 윗니 끝	윗니 끝 윗니 안쪽 치조	경구개	연구개	성문
능동부	아랫입술	혀끝	전설	후설	성문
말소리	p, m, f	ð, θ, t, s, n, l	i, j, ç	u, o, x, k	h

(3) 비강: 혀의 모양과 운동에 의해서 입안의 형상과 크기가 달라지며, 그에 따라서 여러가지 다른 소리를 내는 구강과는 달리, 비

강은 크기와 형태가 고정되어 있기 때문에 공명장으로서의 기능도 단순하다. m, n, ŋ, 같은 비자음은 주로 비강을 이용하여 내는 소리들인데, 모두 연구개를 아래로 내리고 비강의 통로를 열어 놓은 채로 기류를 비강으로 통과시켜서 내게 된다. 또한 기류를 구강과 비강으로 동시에 통과시켜서 발음할 수도 있는데, 이렇게 나는 소리는 툴란서 말의 ã, ɛ̃, ɔ̃, œ̃과 같은 비(음화한) 모음이 대표적이다.

(4) 순강: 순강이란 두 입술을 둥글게 앞으로 내밀어서 이루는 공명강을 뜻한다. 구강에서 조음된 소리라도 밖으로 나가는 마지막 관문인 입술의 모양이 둥글거나 평평함에 따라서 소릿값에 차이가 나기 때문이다. 예를 들면, 전설을 경구개를 향하여 올려서 내는 모음도 입술이 평평할 때는 [i]와 같은 평순모음으로 나나 만일 입술을 둥글게 내민 채로 발음하면 [y] 같은 원순모음으로 조음된다. 따라서 두 입술, 즉 입술 둥글음(＝원순)이 이루어 내는 공명강을 순강이라고 부른다.

위에서 기술한 발음기관을 이용하여 낼 수 있는 말소리를 '국제음성기호'와 '한글음성문자'로 보이면 다름과 같다(이 책 뒤쪽의 별지 참조).

X. 한국어의 리듬

1. 머리말

어떤 언어이건, 소리말에는 그 말 특유의 리듬이 있다. 시계추의 왕복이나, 사람의 걸음 또는 맥박에서 규칙적인 리듬의 현상을 볼 수 있듯이, 인간의 말도 비록 언어마다 성격은 다를지라도 각기 고유의 리듬 현상을 보이기 마련이다. 가령, 하나의 긴 발화를 보면, 끊김이 없는 하나의 덩어리로 발음되는 것이 아니라 몇 개의 토막으로 나뉘며, 하나의 토막은 그 자체가 특이한 리듬의 구조를 지니고 나타남을 볼 수 있다.

그런데 시계추나 맥박 또는 걸음걸이 리듬은 잘 인식하게 되나, 언어에서 나타나는 말의 리듬은 잘 느끼지 못한다. 여기에는 두 가지 이유가 있을 성 싶다. 첫째로, 자기 모국어일 경우에는 이미 어려서부터 말의 리듬을 완벽하게 익혀서 거의 무의식적으로 쓰고 있기 때문에 자신이 말을 할 때나, 남의 말을 들을 때에 리듬의 현상을 느끼지 못한다. 아니, 전문 음성학자가 아닌 한 완전히 숙달되어 내재화된 리듬 현상을 느낄 필요조차도 없을 것이다.

둘째로, 소리말의 리듬은 시계추나 맥박과 같이 단순하여 인식하기 쉬운 형태가 아니고, 그 구조가 복잡하고 다양하므로 리듬을 파악하기가 그만큼 어려운 것이다. 그러므로 자기 모국어에도 고유한 리듬이 있어서 자기 자신도 그러한 리듬 패턴을 일상 듣고 발음한다는 사실을 인식하지 못하는 사람이 많다.

그러나 외국어의 경우에는 사정이 다르다. 특히, 자기 모국어와 리듬 구조가 아주 다른 외국어를 듣거나 발음할 때에는 리듬의 장애를 겪는 가운데 두 언어 간에 리듬의 차이가 있음을 실감하게 된다. 다시 말하면, 외국어에서 모국어에 없는 특이한 리듬 패턴을 인식하게 된다든지, 외국어의 생소한 리듬을 모방하려 해도 잘되지 않는다든지 또는 리듬 패턴을 잘못 발음하면 의미상의 오해를 유발하는 일이 있다는 따위의 현상을 경험하는 순간에 리듬의 차이가 있다는 사실과 아울러 그 중요성을 실감하게 된다.

물론 한 언어 안에서도 방언 간에 리듬의 차이가 있음을 볼 수 있다. 가령, 한국어 안에서도 표준말과 경상도 말이나 함경도 말 사이에는 일반적인 어휘적·문법적·음성 음운적 차이와 아울러 리듬의 차이가 심하게 드러남을 알 수 있다. 이는 우선 경상도나 함경도 방언 사용자가 표준말 사용자와 대화하는 장면을 살펴보면 누구나 쉽게 확인할 수 있을 것이다. 이렇게 볼 때에 리듬이란 소리말의 바탕이 되는 중요한 요소이기 때문에 리듬을 제쳐 놓고 소리말을 논할 수 없으며, 리듬을 올바로 구사하지 못하면 말의 유창한 흐름을 기대할 수 없을 뿐 아니라, 언어생활에 커다란 오해나 장애마저 일으킬 수 있는 것이다. 따라서 말의 리듬현상은 일차적으로 음성 언어학에서 분석·기술하여야 할 문제일 뿐만 아니라, 언어의 습득과 교육을 위한 모국어와의 대조 연구, 시 형식의 비교 연구 등에 필수적이며 표준말과 방언의 비교 연구에도 필요한 내용이다.

이 글에서 필자는 우선 우리나라 표준말로 되어 있는 서울말의 리듬 형태와 구조를 음성학적으로 분석·기술하고자 한다. 이미 필자는 수년 전에 한두 편의 논문에서 우리말의 리듬을 다룬 일이 있으나,

여기서는 미진한 면을 더욱 보완하고 또 실험기기를 이용하여 실증적인 실험 자료를 제시함으로써 한국어의 리듬 현상을 좀 더 정밀하게 기술하려 한다.

2. 발화의 말토막과 리듬

리듬의 현상을 관찰하기 위해서는 우선 리듬이 실현되는 소리말의 단위를 정해야 한다. 먼저, 앞뒤에 쉼이 있는 말의 단위를 '**발화**'라 한다. 이러한 발화의 길이는 경우에 따라 길 수도 있고 짧을 수도 있는데, 하나의 발화 안에서도 하나 또는 그 이상의 단락, 즉 토막이 나타남을 관찰할 수가 있다. 이같이 하나의 발화가 더욱 작은 단락으로 나뉠 때에, 그러한 단락을 '말토막'이라고 부르기로 한다. 그러므로 발화와 말토막의 관계는 다음과 같이 나타낼 수 있다.

발화→말토막 1(＋말토막 2＋말토막 3＋……＋말토막 n)

위에서 알 수 있듯이, 발화의 최소 형태는 하나의 말토막으로 구성되며, 긴 것은 두셋 이상으로 늘어나 이론상 무한한 수의 말토막으로 이루어진다고 풀이할 수 있다. 그러나 실제로 발화 안의 말토막 수가 무한할 수는 없는 일이어서, 보통 문장의 길이가 제한되어 있는 것과 마찬가지로 말토막의 수도, 실제로는 많아야 10여 개 정도로 제한되어 있다. 이제 말토막과 발화의 예를 보이면 다음과 같다.

1) /해/

2) /해와＋달/

3) /봄＋여름＋가을/

4) /아직잘＋모르지만＋왜/

5) /그럼＋뭘＋언제＋어떻게/

6) /난＋정말＋뭐가뭔지＋모르겠어요/

7) /당신이＋빨리가서＋그앨＋데리고＋와요/

8) /우린언제나＋대한민국의＋국민임을＋깨닫고＋줄기차게＋뛰자/

위의 예문에서 '/'는 쉼, 즉 휴지를 나타내며 '＋'는 말토막 간의 경계를 표시한다. 여기서 1)은 하나의 말토막이 하나의 발화를 이루는 예로서 발화와 말토막의 단위가 일치하는 경우이다. 나머지는 한 발화 안의 말토막 수가 점점 늘어나서, 8)에서는 6개의 말토막을 포함하는 발화의 예를 보이고 있다. 발화의 처음과 끝을 나타내는 /는 완전한 쉼을 표시하며, ＋는 쉼이 없거나, 있어도 임시적이고 불완전한 것이어서 아주 짧은 쉼을 표시한다. 그리고 말토막의 끝 음절은 강세가 있든 없든, 그 앞의 무강세 음절보다 길어지는 것이 보통이며, 오름음조나 내림 음조 따위의 억양이 얹히어 나타날 때에도 오름이나 내림의 폭이 /의 앞에서보다 좁은 것이 보통이다.

래링고그라프의 실험 자료

아래에 이와 같은 말토막의 특성을 뒷받침하는 실험 자료를 제시한다. 이 자료는 1982년 9월에 서울대학교 인문대학 언어학과 음성실

험실에서 필자가 피실험자가 되어 래링고그라프(Laryngo-graph)로 실
험한 결과이다. 래링고그라프는 원래, 시간 축에 따른 소리의 높낮이
를 분석하는 기기이나, 유성과 무성의 차이와 아울러 음절의 경계도
상당 부분 밝혀낼 수 있으므로 리듬의 연구에도 이용할 수 있다. 여
기에 제시된 그림은 래링고그라프의 분석 결과를 폴라로이드 카메라
를 이용하여 오씰로스코프 화면에서 사진 촬영한 후, 이를 토대로 그
려 낸 것이다. 그림에서 아래쪽의 선은 성대의 진동 여부를 나타내는
데, 직선이 보이는 부분은 무성을, 선이 보이지 않는 부분은 유성을
표시한다. 그리고 위쪽에 보이는 선은 목소리의 높낮이를 표시하는
데, 물론 위치가 높을수록 높은 목소리를 뜻한다. 음절의 경계는 파찰
음, 마찰음, 튀김소리 등으로 잘 나타나고, 유성음인 경우에는 음절에
따른 높낮이의 차이가 음절을 구분하는 척도가 될 수 있다.

다음은 위의 예 4)를 4가) **/모르지만＋왜/**, 4나) **/모르지＋왜/**로 발음
했을 때의 래링고그라프(Laryngo-graph) 실험 결과이다.

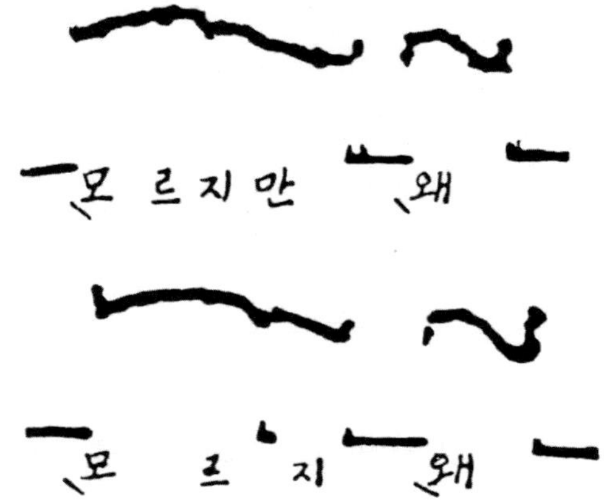

4가)에서는 무강세 음절 /르지만/ 중에서 그 말토막의 끝 음절인 /
만/이 앞의 음절 /지/보다 길고, 4나)에서는 끝 음절 /지/가 역시 그 앞
의 /르/보다 길게 실현됨을 확인할 수 있다. 또한 4가)와 4나)에서 각
발화 안의 두 말토막이 모두 내림 음조로 발음되었는데도 + 앞에 오
는 /만/과 /지/에서 끝나는 내림 음조는 ; 앞에 오는 음절 /왜/에서 실
현되는 내림 음조보다 내림의 폭이 좁음을 알 수 있다. 그러므로 말
토막의 끝 음절이 길어지는 현상과 아울러 오르내림의 폭이 좁은 것
은 말토막의 경계를 나타내는 중요한 음성적 특징이 되며 동시에 후
속하는 경계 표시가 /가 아니고 +라는 증거가 된다.

한국어의 발화는 위에서 보인 바와 같이, 하나 또는 그 이상의 말
토막으로 구성됨을 알 수 있다. 이러한 말토막은 한국어 소리말의 중
요한 기본 단위인바, 필자는 이를 바로 한국어 리듬의 단위, 다시 말
하면 한국어의 리듬을 실현시키는 기본 틀이라고 정의한다. 즉 말토
막 안에서 여러 가지 리듬 유형이 실현될 수 있다는 것이다. 말토막
을 한국어 리듬의 기본 단위로 정의한다는 것은 곧 리듬 단위를 음절
보다 높은 차원에서 설정한다는 뜻이다. 물론, 말토막의 최소 형태가
한 음절로도 이루어지긴 하나 보통은 두 음절 이상으로 나타나므로,
한 음절 말토막은 리듬의 특수 형태로 볼 수 있다. 따라서 리듬 단위
로서의 말토막 길이는 엄밀한 의미에서, 음절과 다음과 같은 관계에
있다고 볼 수 있다.

말토막 ≧ 음절

즉 말토막은 음절보다 길이가 같거나 길다는 것을 나타낸다. 한 걸음 더 나아가서, 위의 공식은 한국어의 리듬이 흔히 말하는 이른바 **'음절 중심의 리듬'**(Syllable-timed rhythm)이 아니라는 점을 뜻한다. 음절 중심의 리듬이란, 음절의 리듬을 기본 단위로 삼고, 각 음절은 동일한 길이를 갖는다는 내용이기 때문이다. 이와 관련하여 다시 분명히 해 둘 것은 리듬의 특성은 방언마다 다를 수 있으며, 현재 필자가 여기서 다루는 방언은 서울 지역의 표준말이라는 사실이다.

3. 말토막의 리듬 구조

위에 말한 한국어 리듬 단위로서의 말토막 구조는 다음과 같이 정의할 수 있다. "말토막은 하나의 강세 음절이 홀로 또는 앞뒤에 하나나 그 이상의 무강세 음절을 거느리고 나타나는 단위이며 앞뒤에는 임시 휴지 +나 종결 휴지가 /가 온다."

위의 말토막 정의에서 말토막의 최소 형식은 강세를 받는 음절 하나로 구성되며, 그보다 긴 것은 강세 음절이 앞뒤에 하나 또는 그 이상의 약음절이 연결되어서 이루어짐을 알 수 있다. 말토막의 구조를 공식으로 만들어 보이면 다음과 같다.

$$\text{말토막} \rightarrow (w^1 w^2 w^3 \cdots\cdots w^n)\ 'S(w^1 w^2 w^3 \cdots\cdots w^n)$$

('S=강세 음절, w=약음절)

그리고 강세 음절의 전후에 오는 약음절의 수에는 일정한 제한이 없으나, 한 음절에서 서너 음절이 흔하다. 이제, 앞에서 보기로 소개한 말토막의 구조를 공식에 따라 적어 보면 다음과 같다.

1′) /ˈ해/

2′) /ˈ해와+ˈ달/

3′) /ˈ봄+여ˈ름+가ˈ을/

4′) /아ˈ직잘+모르지만+ˈ왜/

5′) /그ˈ럼+ˈ뭘+ˈ언제+어ˈ떻게/

6′) /ˈ난+ˈ정말+ˈ뭐가뭔지+ˈ모르겠어요/

7′) /ˈ당신이+ˈ빨리가서+그ˈ앨+데ˈ리고+ˈ와요/

8′) /우리ˈ언제나+대ˈ한민국의+ˈ국민임을+깨ˈ닫고+ˈ줄기차게+ˈ뛰자/

위의 표기에서 강세 음절은 해당 음절 앞에 (ˈ)을 두어 표시하였고 약음절은 아무 표시도 하지 않았다. 여기게 제시한 리듬 구조는 고정 불변의 패턴임을 주장할 수는 없으나, 현대 표준말에서 드러나는 대표적인 대화체인 리듬이라고 본다. 여기서, /어ˈ떻게/는 /**ˈ어떻게**/로 날 수도 있으며(5′), /**ˈ뭐가뭔지**/는 /**ˈ뭐가ˈ뭔지**/로 날 수도 있음을 밝혀 둔다(6′). 또한 말토막 안에 하나 이상의 낱말이 들어 있을 때에는 이를 모두 하나의 낱말과 같이 붙여 적음에 주의하라. 낱말과 말토막과의 관계는 후에 다시 기술한다. 그리고 (8′)에서 /**우리ˈ언제**/는 소리말과 글말의 음절 경계가 일치하지 않으므로, 소리말 즉 실제 발음의 음절 경계를 표시한 예이다.

위에서 말토막의 구조를 기술하였거니와 말토막을 이루는 음절 간의 관계는 어떠하며, 그 결과로 어떠한 리듬감 또는 리듬 패턴을 엮어 내는가를 관찰할 필요가 있다. 말토막 안의 음절 상호 관계는 다음과 같이 간추릴 수 있다.

1) 말토막의 핵을 이루는 강세 음절은 앞뒤에 있는 약음절보다 세기가 커서 돋들릴 뿐만 아니라, 길이도 긴 것이 보통이다. 여기서 음절의 길이란 모음뿐만 아니라, 모음과 자음이 엮어 내는 음절 전체의 길이를 말한다.

2) 강세 음절의 앞이나 뒤에 오는 약음절은 강세 음절보다 약하고 짧으나, 다만 말토막의 끝 음절은 길게 실현되는 것이 보통이며 때로는 강세 음절보다 길게 날 수도 있다. 7')의 /그ㅣ앨/과 같이 말토막의 끝 음절이 강세를 받을 때에는 두말할 필요도 없이 길게 난다.

3) 강세 음절과 약음절은 긴밀하게 연결되어 한 덩어리의 리듬군을 이루어 내는데, 구체적인 리듬의 특성은 강세 음절과 약음절 간의 상대적인 위치와 약음절의 수에 따라 결정된다.

4) 말토막의 길이는 말토막을 이루는 음절수에 따라 영향을 받기 마련이나 그 길이가 음절수에 정비례하는 것은 아니다. 즉 음절수가 많은 말토막은 음절수가 적은 말토막보다 길이가 기나 음절수에 비례하여 길어지는 것이 아니고 약간 길어진다.

5) 위의 4)에서 제시한 현상의 필연적인 결과로, 말토막 안의 음절수가 많을수록 각 음절이 차지하는 시간은 짧아지는 경향을 나타낸다. 그러나 이러한 현상이 영어에서와 같이 심하지는 않은 것이다. 따라서 한국어의 리듬은 비록 정도는 약하다고 할지라

도 영어 따위의 언어에 나타나는 이른바 **'강세 중심의 리듬'**(Stress-timed rhythm)의 특성을 부분적으로 보인다고 볼 수 있다.

4. CSL을 이용한 실험 자료

위에서 말토막의 리듬 구조에 관한 내용을 간추려 소개하였다. 이제 말토막의 리듬 구조를 실험음성학적으로 분석하여 실증적인 자료를 제시하고자 한다. 서울대 언어학과 음성실험실에 비치된 CSL(Computerized Speech Lab)을 사용하여 분석한 결과를 다음에 제시한다. 분석 결과는 두 개의 창으로 나타나는데, 맨 위의 창 A는 음성 자료의 파형(sound wave)을 나타내고 그 아래의 창 B는 스펙트로그램(spectrogram)을 보여 준다. 음절의 경계를 살피고 각 음절의 길이를 측정하는 것을 목표로 하는 이 실험에서 가장 중요한 부분은 창 B이다. 이 두 창에서 음절의 길이를 측정할 수 있기 때문이다. 특히 창 A에서 파형의 위에 있는 화살표는 음절의 경계를 나타낸다. 가령 그림 1의 첫 화살표는 '대머리'란 낱말의 첫 음절 '대'의 시작점을 나타내고 두 번째 화살표는 음절 '머'의 시작점을, 세 번째 화살표는 음절 '리'의 시작을 그리고 네 번째 화살표는 음절 '리'의 끝을 나타낸다.

그림 1은 세 음절로 된 <'대머리>가 첫째 음절에 강세를 받고 발음되는 예인데, 음절의 길이를 나타내는 아래 도표에서 알 수 있듯이, 강세 음절 <'대>는 다음 음절 <머>에 비해 264ms:206ms로 길게 남을 알 수 있다. 그림 2는 젊은 층이나 방언 사용자들에게서 들을 수

있는 비표준적인 발음을 모방하여 둘째 음절에 강세를 두고 발음한 예인데, <대>와 <ʼ머>의 길이 비율이 132:276으로 나타났다. 따라서 그림 1과 그림 2를 비교해 볼 때에 말토막 안에서 강세를 받는 음절은 그렇지 않은 음절보다 길게 남을 확인할 수 있다. 또한 셋째 음절 <리>는 390과 353으로 앞의 음절보다도 길게 났다. 이같이 말토막의 마지막 음절은 일반적으로 약하고 길게 나는 것이 보통인데 인용형으로 발음한 이 경우에는 유난히 길게 났음을 볼 수 있다. 여기서 주목해야 할 것은 첫걸음 <대>의 길이가 그림 1과 2에서 나타나듯이 강세의 있고 없음에 따라서 264:132의 차이를 보인다는 사실이다. 여기서 그림 1의 발음은 '땅디디'의 리듬으로 나며 그림 2의 발음은 '디땅디'의 리듬으로 난다.

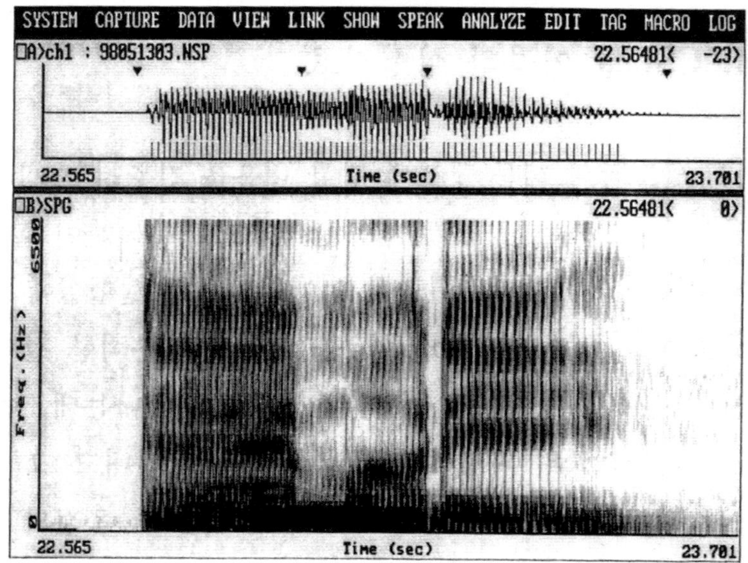

그림 1. ʼ대:머리

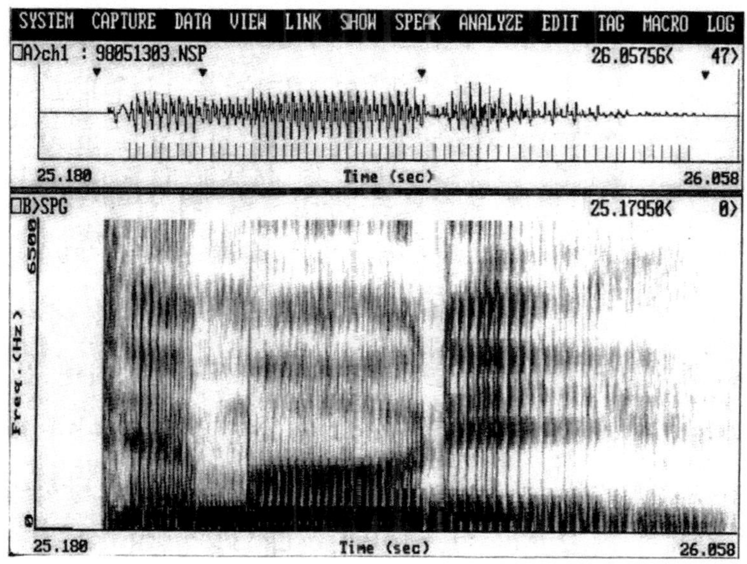

그림 2. 대│머리

　　그림 3과 4는 강세의 위치는 같되 2음절과 3음절로 발음될 때의 말토막의 전체적인 길이와 각 음절 상호 간의 관계를 설명하여 주는 예이다. 강세를 받는 <정>은 후속 음절보다 길게 나나, 2음절의 말토막에서보다는 3음절의 경우에 다소 짧아지는 현상을 보여 준다. 또한 강세 음절의 뒤에 오는 <부>가 말토막의 끝 음절로 날 때는 비교적 길게 나나, <│정부가>에서와 같이 후속하는 음절이 있을 때에는 단축되어 나타남을 알 수 있다. 물론 이때에 후속하는 끝 음절 <가>는 길게 난다. 그리고 <정부>와 <정부가>의 전체 길이 비율이 764:749로, 한 음절이 증가하였음에도 불구하고 전체적인 길이가 오히려 줄어들었음을 알 수 있다. 여기서는 특히 <정부가>의 끝 음절 <가>

가 유난히 짧게 발음되었기 때문이다. 물론 한 음절이 늘어남에 따라 다소 길이가 늘어나는 것이 보통이지만 대체로 증가 비율이 극히 낮은 것으로 나타난다. 이것은 한국어의 리듬이 음절 시간 중심이 아니라는 증거로 풀이할 수 있다. 다시 말하면 말토막 전체의 길이는 실제로 늘어나는 음절수에 정비례하지 않음을 뜻한다.

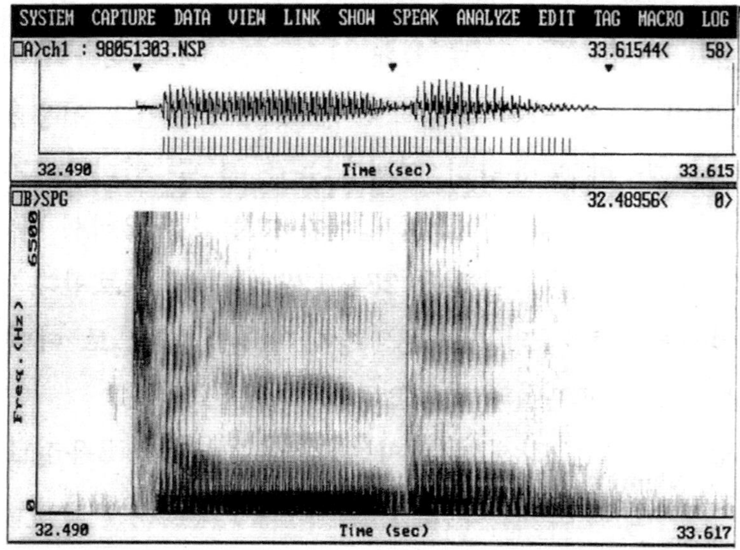

그림 3. ˈ정부

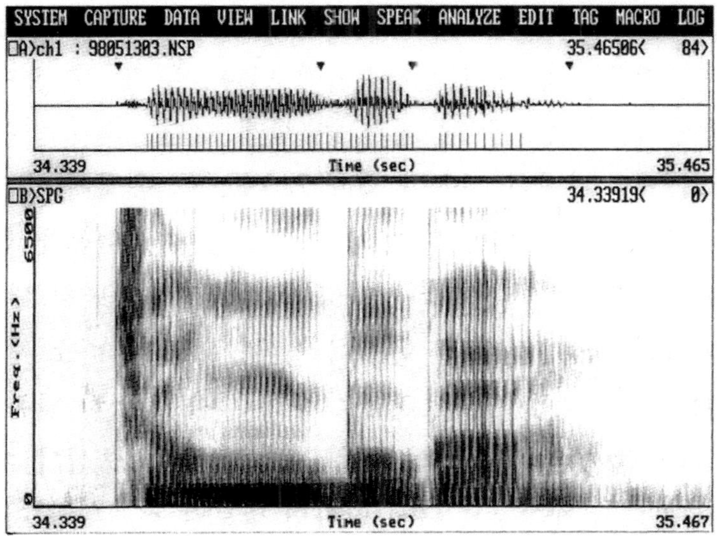

그림 4. ˈ정부가

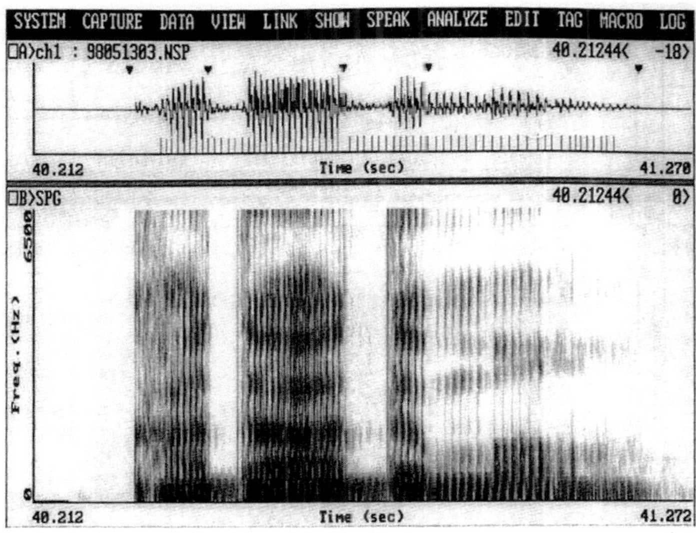

그림 5. 가ˈ다듬어

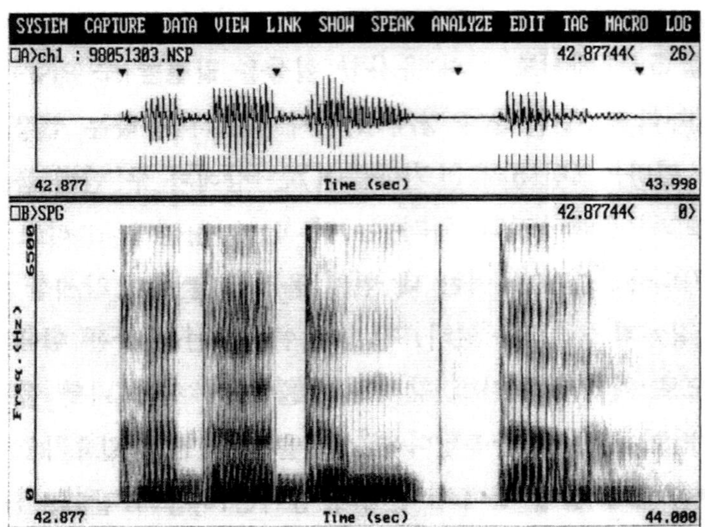

그림 6. 가다ㅣ듬다

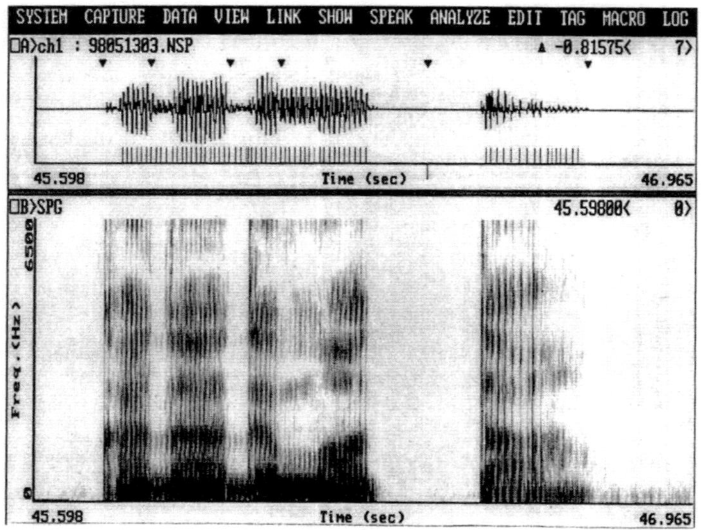

그림 7. 가다듬ㅣ었다

그림 5~7에서도 이와 유사한 현상을 발견할 수 있는데, 여기서는 특히 말토막 안의 강세 위치가 뒤로 이동하는 현상을 관찰할 수 있다. 그림 5의 <ˈ가다듬어>는 강세가 두 번째 음절에 놓이고 그림 6의 <가다ˈ듬다>는 세 번째 음절에, 그리고 그림 7의 <가다듬ˈ었다>에서는 네 번째 음절에 놓이며 강세를 받는 음절은 길어짐을 알 수 있다. 강세가 이동하는 현상은 뒤에서 다시 논하므로 여기서는 다만 강세를 받을 때에 길게 나던 음절이 강세를 받지 않으면 단축된다는 사실을 재확인할 필요가 있다. 그림 5~7의 음절별 길이와 전체 길이는 다음과 같다.

가	다	드	머		
127ms	219ms	136ms	338ms		820ms
가	다	듬	다		
96ms	163ms	307ms	309ms		875ms
가	다	드	멋	다	
100ms	164ms	103ms	305ms	334ms	1,006ms

5. 말토막과 낱말의 관계

말토막은 낱말과 일치할 수도 있으나 그렇지 않은 경우도 많으므로 이들을 별개의 단위로 볼 수밖에 없다 가령 앞에서 든 예 중에서 4)의 /아직잘/, 7)의 /빨리가서/, 8)의 /우린언제나/는 각각 두 개 낱말로 이루어져 있으며, /아니넌 왜/ 같은 말토막은 세 개의 낱말을 포함하고 있다. 또한 이와 반대로 /아＋냐/, /어＋디/, /몰＋라/ 같은 경우는 한 낱말이 두 개 말토막을 구성하는 예이다. 따라서 소리말에서 리듬 단위의 기능을 갖는 말토막은 문법적 단위인 낱말과는 기본적으로 성격을 달리한다. 또한, 낱말은 문법적인 분석의 결과로 얻는 단위이므로 길이와 형태가 항상 일정하나 말토막은 변화가 심하기 마련이다.

그렇다면 말토막의 길이를 결정하는 요인은 무엇일까? 무엇보다도 분명한 요인은 말의 속도, 즉 템포라고 본다. 일반적으로 속도가 빠른 말씨에서는 여러 개의 낱말이 한 말토막 속에 연결되어 나타나므로 결국, 말토막 전체의 길이도 길어지는 반면, 속도가 느린 말씨에서는 낱말의 수도 적고, 결과적으로 말토막 전체의 길이도 짧아지게 마련이다. 또한, 말의 속도는 발화 안의 말토막 수에도 영향을 미친다. 가령, 느린 말씨에서는 쉼이 많으므로 단락이 늘어나고 단락, 즉 말토막의 길이도 짧아지는 경향이 강하다. 예를 들어, **"아니 너 왜 안 갔어?"**와 같은 다섯 개 낱말로 구성된 말은 속도에 따라 다음과 같이 말토막 수와 길이를 달리하여 발음될 수 있다.

1) /아니＋너＋왜＋안갔어/ (말토막 4개)

2) /아니너＋왜＋안갔어/ (말토막 3개)

3) /아니너＋왜안갔어/ (말토막 2개)

4) /아니너왜안갔어/ (말토막 1개)

말토막의 길이에 따라 말을 듣는 이에게 주는 태도와 인상도 다르다. 즉 말토막의 길이가 짧을수록 또박또박하고 분명하여 침착한 인상을 주는 반면, 말토막의 길이가 길면 불분명하고 침착하지 못한 감을 전달한다.

6. 리듬의 유형

지금까지 기술한 말토막 안에서 실현되는 한국어의 리듬 유형은 크게 네 가지로 나누어 볼 수 있다.

1) 기본형＝S
2) 머리형＝www······S
3) 꼬리형＝Swww······
4) 복합형＝www······ Swww······

기본형은 강세 음절이 단독으르 나는 경우이고, **머리형**은 강세 음절 앞에 하나 이상의 약음절이 오는 유형이며, **꼬리형**은 강세 음절 다음에 하나 이상의 약음절이 오는 유형 그리고 **복합형**은 강세 음절이 앞뒤에 하나 이상의 약음절을 거느리는 유형으로서, 가장 복잡한 리듬 유형이다. 물론, 여기서 강세 음절은 동시에 길며, 끝 음절을 제외한 약음절은 짧게 난다는 것을 전제로 한다. 이제, 이 네 가지 유형의 예를 몇 개 들어 보면 아래와 같다.

1) 기본형＝ ♩

　알, 달, 굴, 설, 돈, 가, 자
2) 머리형＝ ♪ ♪

　그래, 그럼, 바람, 아둥, 사랑, 시간, 아니왜, 가지마, 어서와, 누구요, 그러지마, 부산에가, 어디가니, 이제 그만둬

3) 꼬리형＝♪ ♪

　　ᅵ오후, ᅵ연구, ᅵ전기, ᅵ선수, ᅵ가면, ᅵ교육, ᅵ소장, ᅵ오후에, ᅵ연구소, ᅵ
전기가, ᅵ선수권, ᅵ가면극, ᅵ교육자, ᅵ오후에도, ᅵ연구소에, ᅵ이자마
저, ᅵ먹지마라, ᅵ조심해서, ᅵ연구소에도, ᅵ먹지 않아도, ᅵ변덕스러
워, ᅵ이자마저도

4) 복합형＝♪ ♪ ♪

　　이ᅵ점도, 기ᅵ분이, 자ᅵ동차, 부ᅵ동산, 도ᅵ망자, 아니ᅵ왜요, 가지ᅵ마
라, 누구ᅵ십니까, 기계ᅵ연구소, 부산에 ᅵ갑니다, 이러지도 ᅵ못하고
요, 아무래도 ᅵ좋다니까요

7. 말토막 안의 강세 위치

　지금까지 말토막의 구조와 리듬의 유형을 기술하면서 리듬의 유형
은 기본적으로 강세의 위치, 즉 강세 음절이 어디 놓이느냐에 따라
결정됨을 보았다. 말토막 안에서 강세 음절이 어디에 오느냐 하는 문
제는 한국어의 리듬을 이해하는 데 대단히 중요한 관건이 된다. 말토
막 안에서 강세 위치는 다음과 같은 요인에 의해 결정된다.

1) 한 음절로 된 말토막은 바로 그 음절에 강세가 놓인다.
2) 다음 절 낱말 하나로 구성된 말토막에서는 음운론 모음의 장단
　　과 음절의 구조에 따라 결정된다. 즉 긴 모음을 지닌 음절은 강
　　세를 갖는다.

<보기>

ʼ연구, ʼ오후, ʼ사무소

그러나 어느 음절에도 긴 모음이 없는 경우에는 음절의 구조에 따라 다음과 같이 강세의 위치가 결정된다.

(1) (C)V+(C)V(C)이면 강세가 둘째 음절에 온다.

보기) 이ʼ마, 시ʼ간, 사ʼ당, 지ʼ젼

(2) (C)VC+CV(C)이면 첫 음절에 온다.

<보기>

ʼ성남시, ʼ전주, ʼ임자, ʼ약주

(3) 말토막이 하나 이상의 낱말로 이루어질 때는 원칙적으로 의미에 비중이 큰 낱말에 강세가 오되, 위의 나) 항의 원칙에 따라 위치가 결정된다.

<보기>

우유ʼ한잔, 부산ʼ간다, 아주ʼ좋아 등

여기서 의미의 비중이 앞의 낱말로 이동하면, **우ʼ유한잔, 부ʼ산간다, ʼ아주좋아**로 날 수 있다. 그리고 복합어의 리듬 유형은 다른 기회에 별도로 다루기로 한다.

(4) 강세의 위치는 억양으로 드러나는 화자의 태도에 따라서도 지
배를 받는다. 보통 친근하고 감정의 관여도가 깊은 경우에는 강
세가 말토막의 후방으로 가고, 이에 비해 엄숙하고 사무적인 태
도를 보일 때에는 전방으로 전진하는 경향이 있다. 가령, '**갑시
다**', '**여보**' 같은 말을 /**'갑시다**/, /**'여보**/로 발음할 때와 리듬 패
턴을 바꾸어 /**갑시'다**/, /**여'보**/로 나타낼 때에 이러한 차이를 음
미해 볼 수 있다.

그 밖에도 말토막의 리듬 유형은 세대의 차이나 방언의 차이에 따
라 달라질 수 있는바, 앞의 그림 2)에서 보인 /**대'머리**/가 이러한 경우
를 예시하고 있다. 그러나 이러한 요인은 모두 표준말의 리듬과는 무
관한 것이므로 여기에서는 더 이상 논하지 않기로 한다.

XI. 한국어 억양의 형태와 기능

1. 머리말

우리말의 언어학적 내지는 음성학적 연구가 국내외 여러 학자들의 손으로 상당한 수준까지 도달했음에도 불구하고 우리말의 억양에 대한 연구는 그중에서도 유난히 뒤져 있는 분야가 아닌가 한다. 억양 연구가 부진함은 과거 영어를 비롯한 여러 언어에서도 볼 수 있었던 일이었으나 오늘날 여러 언어의 억양 연구가 활기를 띠고 있는 반면 국어의 억양 연구는 아직도 지극히 저조한 실정이다.

그러므로 이 글에서는 우선 표준말인 서울말에서 흔히 쓰이는 억양 형태를 고찰 분석하고 그러한 억양이 갖는 기능을 기술하고자 한다.

2. 억양의 형태와 기능

2.1. 억양의 정의

이미 널리 알려진 바와 같이, 억양(Intonation)이란 말의 가락(Speech melody)이라고 정의할 수 있다. 음악에 가락이 있듯이 말에도 목소리의 높낮이(Pitch)가 엮어 내는 말의 가락이 있음이 사실이다. 또한 그와 같은 억양은 말하는 사람의 태도를 나타내는 기능을 지니고 있다. 자음과 모음 등으로 이루어진 낱말은 각기 사전에 정의된 뜻을 갖고 있으나 그러한 낱말이 어떤 특정한 억양으로 발음될 때에는 낱말이 지닌 원래의 뜻(Lexical meaning) 이의에 화자(Speaker)의 태도가 전달됨

을 다음의 예에서 살필 수 있다. 영어의 'Yes'라는 낱말을

ㄱ) y   ㄴ)   s
     e   e
       s   y

와 같이 두 가지로 발음하면, 보통 목소리의 중간 높이에서 낮은 소리로 내려가는 ㄱ)은 특별한 관심을 나타내지 않는 사무적인 태도를 나타내는 데 비해, 높은 데서 목소리의 중간 높이 정도로 내려오는 ㄴ)은 관심을 표명하는 명쾌한 태도를 나타낸다. 긍정적인 대답의 뜻을 지닌 Yes라는 같은 낱말이 위의 ㄱ)과 ㄴ)에서 전체적인 의미에 차이를 보임은 순전히 억양의 차이에서 비롯된다고 볼 수 있는 것이다.

2.2. 억양의 문법적 기능

한편 영어의 'You did it'이나 우리말의 '네가 했어' 같은 문장을 말할 때에 끝을 내리는 억양을 쓰면 긍정문이 되고 끝을 올리는 억양을 쓰면 의문문이 되는데, 이런 경우에 억양은 문법적인 기능을 갖는다고 한다. 동일한 낱말과 동일한 방법으로 구성된 문장의 억양이 문법적인 차이를 주기 때문이다. 즉,

1) 네가 했어＋내림 억양＝네가 했어.
   You did it   You did it.

2) 네가 했어＋오름 억양＝네가 했어?

　　You did it　　　　　　You did it?

이 글에서 억양의 의미는 화자의 태도(Attitudinal meaning)를 중심으로 기술하고자 한다. 물론 문법적인 기능도 해당되는 경우에는 포함시켜 기술하나 화자의 태도를 나타내는 기능에 더 큰 비중을 둔다.

억양의 형태와 기능은 언어에 따라 다르고 심지어는 방언에 따라서도 달라질 수 있다. 영어나 불어 간의 억양의 차이라든지 같은 영어이면서 영국 영어와 미국 영어의 억양차이, 그리고 우리나라에서 서울지방 말과 경상도 방언을 비교할 따 소리의 음가, 악센트 및 리듬의 차이와 더불어 나타나는 억양의 차이 따위가 이를 설명하고 있다. 비록 언어 간이나 방언 간에는 억양에 어느 정도 공통점이 있을 뿐 아니라 차이점 역시 있기 때문에, 억양의 연구는 한 방언을 대상으로 하지 않을 수 없다.

2.3. 억양의 구성 요소

억양은 목소리의 높낮이가 중심적인 요소이긴 하나 동시에 다른 요소들, 즉 강세(Stress), 길이(Length), 리듬(Rhythm), 속도(Tempo), 목소리의 음질(Voice quality) 등의 요소도 밀접한 관계를 갖고 복합적으로 나타난다. 따라서 체계적이고 종합적인 억양 연구에는 이러한 관련 요소도 고려되어야 한다. 이러한 관련 요소가 어떠한 방법으로 결합되고 이용되며 어떠한 기능과 효과를 나타내느냐 하는 문제는 말에 따라 내용이 다를 수 있으므로, 이 문제 역시 특정어 내지 방언을 중심으로 해결되어야 한다.

3. 표준말 억양의 형태적 특성

3.1. 성조어와 비성조어

성조어(Tone language)인 경상도 방언과는 달리 표준말은 비성조어 (Non-tone language)이므로 표준에 나타나는 발화(Utterance) 안의 높낮이 변화는 모두 억양에 관련된 문제로 처리할 수 있다.

3.2. 표준말 억양의 구성 요소

서울말 억양의 형태와 기능을 분석 기술하기 위해서는 구체적으로 다음과 같은 요소가 고려되어야 한다.

1) 목소리 높낮이(Pitch)의 정도
2) 목소리 높낮이의 변화 형태
3) 목소리 높낮이의 변화 속도
4) 강세(Stress)의 위치와 리듬

이 밖에 목소리의 음질도 종합적인 억양 연구에는 응당 포함되어야 하겠으나 이 문제는 다음 기회로 미루고 여기서는 위에 열거한 네 가지를 다음에 하나씩 설명하고자 한다.

3.3. 높낮이의 정도

높낮이의 정도란 억양이 시작되는 높이와 끝나는 높이를 말하는바, 이에 따라 여러 가지 다른 억양의 형태가 구별된다. 높낮이의 정도는 다음에 설명할 높낮이의 변화 형태와 아울러 억양의 가장 중요한 요소이며 핵심이라고 볼 수 있다. 브통 대화에 쓰이는 목소리의 음역을 다음과 같이 아래위의 두 선으로 나타내고 아래 선을 제일 낮은 목소리, 그리고 위의 선을 가장 높은 목소리르 표시한다면, 이 두 선 사이의 공간에 시작되는 높이와 끝나는 높이에 따른 억양의 형태를 나타낼 수 있다.

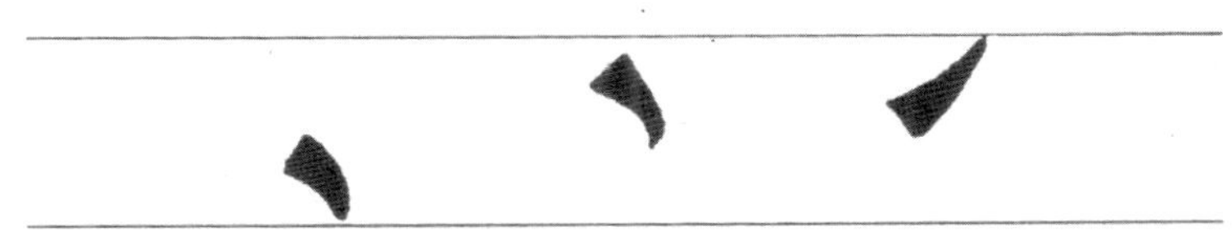

위의 그림에서 예로 든 처음의 두 억양은 모두 내림조라는 공통성을 가졌으되, 처음과 끝의 높이가 달라 그 기능이 다르기 때문에 별개의 억양으로 구별된다. 이 두 억양은 앞서 1)에서 예로 든 'Yes'라는 말에 쓰인 억양을 나타내고 있으며 이는 표준말에서도 자주 쓰이는 형태이다.

3.4. 높낮이의 변화 형태

목소리의 높낮이의 정도, 즉 사용되는 고저의 폭이 같을지라도 변화의 방향이 다르면 그 기능이 전연 달라지는 일이 많다. 가령 앞의 그림에서 보는 바와 같이 높은 데서 시작하여 중간음으로 내려오는 두 번째 억양을 비교하면 전자는 '단정적인' 의미를 나타내고 후자는 '미완결', '의문' 또는 '놀람'을 나타낸다. 즉 이는 사용되는 높낮이의 폭이 같을지라도 변화 형태에 따라 별개의 억양으로 구별될 수 있는 예이다. 이미 앞서 소개한 '네가 했어'나 '먹었어' 따위의 형태가 같은 말이 이와 같은 억양의 차이에 의하여 긍정문과 의문문으로 구별된다는 것은 잘 알려진 일이다. 또한 표준말에는 뚜렷한 높낮이의 변화가 없이 평조로 시작하고 끝나는 억양도 있다. 이러한 평조의 억양은 앞서 말한 오름 또는 내림조의 억양과 다른 기능을 가지고 쓰이기 때문에 특수한 형태의 억양, 즉 평양과 억양으로 설명된다.

또 억양에는 높낮이의 변화가 한 방향으로만 가는 것이 있는가 하면 방향 변화와 두 번 또는 세 번씩 일어나는 경우도 있다. 예를 들면, 오르다가 내리거나, 내리다가 오르는 경우 또는 오르다가 내리고 다시 오르는 형태와 반대로 내리다가 오르고 다시 내리는 억양도 있다. 이같이 방향 변화가 많은 억양도 표준말에서 일정한 기능을 갖고 나타나는 이상 당연히 기술되어야 한다.

3.5. 높낮이의 변화 속도

높낮이의 정도와 변화 형태가 같을지라도 높낮이가 변하는 속도에 따라서 억양의 기능에는 차이가 날 수 있다. 그러므로 표준말 억양 고찰에는 높낮이의 변화 속도도 중요한 관련 요소로 다루어져야 한다. 변화 속도에 따른 억양의 의미차이는 억양이 한 음절 내에서 실현될 때에 뚜렷이 나타난다. 가령 한 음절어인 '네' 같은 말이 내림

억양으로 쓰일 경우, 그 억양의 형태가 다음과 같이 달리 나타날 수
있다.

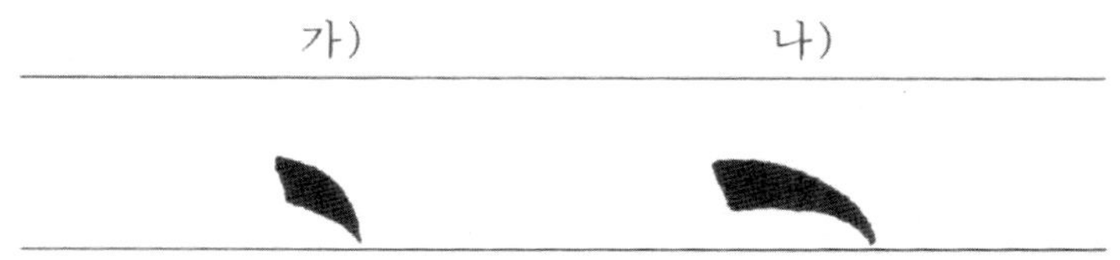

위에서 가)는 내려가는 Pitch의 변화가 급하나 나)는 변화 속도가
완만하여 억양의 의미도 달라서 나)는 가)보다 '친절한', '정중한', '조
심스러운' 등의 의미를 갖는다. 여기서 한 가지 유의할 것은 가)와 나)
두 억양의 변화 속도의 차이는 '네'라는 음절의 길이의 차이를 필연
적으로 수반한다는 사실이다. 나)가 가)보다 변화 속도가 늦고 완만하
다는 것은 억양이 얹혀 있는 음절 '네'가 그만큼 길어짐을 전제로 하
기 때문이다. 이는 곧 억양의 영향으로 모음 또는 음절의 길이가 길
어지는 예이다. 그러나 억양의 실현과 관련하여 음절이 길어지는 원
인을 모음에서만 찾을 수 있는 것은 아니다. 우리말에서 폐음절로 되
어 있는 음절말 자음이 유성음일 때에는 바로 그 음절말 자음이 길어
져서 음절 전체의 길이가 길어지는 경우드 있다. 예를 들어 '말'[mall]
이 억양의 영향으로 길어질 때에는 모음 [a]보다도 [l]이 길어지며 높
낮이의 변화가 대부분 [l]에서 실현된다.

또 본래 장모음을 갖는 음절에 나타나는 억양은 단모음을 갖는 음
절에서보다 높낮이의 변화 속도가 완만하게 마련이나, 앞에서 말한
억양의 의미를 갖기 위해서는 장고음이 상대적으로 더욱 길어지게

되고 따라서 높낮이의 변화도 더욱 완만하게 나타난다. 예를 들어 '말'[mal] 같은 낱말에, 앞서 말한 억양의 효과를 주려면 장모음 [aː]가 상대적으로 더 길어지고 높낮이의 변화도 더욱 완만해진다.

3.6. 강세의 위치와 리듬

억양과 관련된 강세의 역할은 두 가지로 나누어 살펴볼 수 있다. 첫째는, 강세가 억양 분석에 없어서는 안 될 요소로서 한 억양이 시작되는 위치를 제시해 주는 구실을 한다. 가령

"언제갈까?"

라는 말을 내림 억양으로 발음할 때 강세가 어디에 오느냐에 따라 억양이 시작되는 점이 결정된다. 위의 예문에서 강세가 첫째 음절 '언'이나 셋째 음절 '갈'에 오는 것이 보통인데 그에 따라

가) ˈ언제갈까 나) 언제ˈ갈까

와 같이 억양의 핵심, 즉 시작되는 위치가 달라진다. 이를 그림으로 나타내면 다음과 같다(여기서 쐐기는 강세 음절을, 점은 약음절을 나타냄).

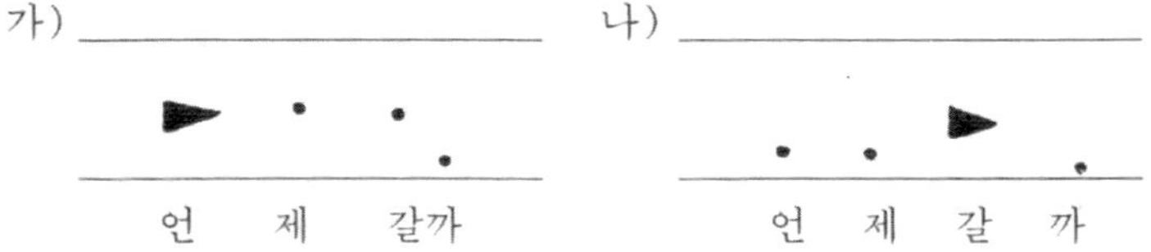

위에서 만약 강세를 무시하고 높낮이 변화의 전체적인 패턴만을 고려한다면 가)와 나)는 전연 서로 다른 억양으로 볼 수밖에 없을 것이다. 그러나 강세가 있는 음절을 중심(시작하는 점)으로 하면 가)와 나)가 모두 내림 억양이 되어, 단지 강세 위치에 따른 변종으로 처리할 수 있다. 위의 나)에서 약음절인 '언제'를 논외로 하는 것은 아니며, 단지 이 억양의 핵심부분인 '갈까'보다는 중요성이 덜하기 때문에 부차적으로 기술할 필요가 있다는 것뿐이다.

둘째로, 강세의 위치는 억양의 형태와 깊은 관련을 갖고 있다. 이미 앞서 예로 든 가)와 나)에서도 간접적으로 알 수 있지만 이보다 더욱 극단적인 예로서 강세의 위치가 끝 음절에 오는

다) 언제갈까

와 같은 경우에는 같은 내림 억양이 사용될지라도 높낮이 변화의 형태가 다르다. 즉 끝 음절에 강세가 오던 그 한 음절 내에서 높낮이의 변화가 시작되고 끝나기 때문에 여러 개의 음절 위에 억양이 실현될 때와는 형태가 다르게 마련이다. 따라서 '언제갈까'의 내림 억양은 다음과 같이 나타난다.

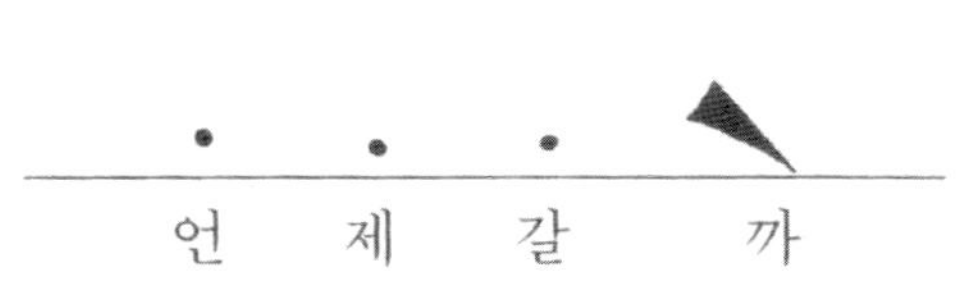

또한, 이 같은 형태상의 차이뿐만이 아니라 억양의 의미에도 차이가 생겨, 다)는 나)보다 '친밀함'을 나타낸다.

또한 위의 가), 나), 다)는 모두 강세의 위치에 따른 리듬의 차이를
보이는데 이를 음악의 기호로 나타내면 대체로 다음과 같다.

가) ♪ ♪ ♪ ♪   나) ♪ ♪ ♪ ♪   다) ♪ ♪ ♪ ♪

3.7. 강세와 약세

표준말에서 강세의 종류는 두 가지로 보아 '강세'(Stressed)와 '약
세'(Unstressed 또는 Weakly Stressed)로 나누며, 약세는 표시하지 아니
하고 강세는 필요한 경우에는 해당 음절 앞에 강세표시 (ˈ)를 더하여
나타낸다. 그러나 억양 기호가 사용될 때에는 강세 표시가 별도로 없
을지라도 억양 기호가 있는 음절이 강세를 수반하는 것으로 정한다.
또한 앞(Ⅹ.3, Ⅺ.3.6)에서 예시했듯이 표준말에서 강세가 있는 음절
은 약세음절보다 음절의 길이가 긴 것이 보통이다. 강세와 길이의 관
계를 밝힌 표준말의 악센트 문제는 이미 별도로 다루었기에 여기서
는 상론을 피한다(현대 한국어의 악센트 1973 참조).

3.8. 억양의 최소 단위

말의 길이는 짧을 수도, 길 수도 있으며 말의 길이에 따라 억양의
길이도 달라질 수 있다. 그러나 여기서는 분석의 편의상 억양이 실현
될 수 있는 가장 짧은 발화의 단위를 설정하고 거기서 나타나는 억양
의 형태를 관찰하는 것이 바람직하다. 여기서 억양이 실현될 수 있는
발화의 최소 단위는 '음절'로 잡는다. 음절은 모음 또는 성대 진동을
수반하는 다른 요소를 반드시 포함하고 있으므로 억양의 중심 요소

인 높낮이를 자유롭게 실현시킬 수 있기 때문이다.

4. 표준말 억양의 형태적 특성

4.1. 억양의 단위

그러면 발화의 최소 단위인 단음절에 나타나는 억양의 형태를 이제 살피기로 한다. 억양의 핵이 얹히는 단음절은 모두 강세가 있으며 앞뒤에 휴지(Pause)가 있는 것으로 본다.

4.2. 억양의 형태적 유형

서울말의 억양은 형태의 특성에 따라

ⅰ) 한 음절 내에서 높낮이의 변화가 없는 '정적'(Static)인 것과
ⅱ) 높낮이의 변화가 있는 '동적'(Kinetic)인 것으로 대별할 수 있으며, 동적인 억양은 다시 변화의 방향에 따라서
（ⅰ) 단일 방향,
（ⅱ) 이중 방향,
（ⅲ) 삼중 방향

의 억양으로 구분된다. 즉 정적인 억양은 높낮이에 변화가 없는 일정한 높이의 수평조를 뜻하며, 동적인 억양 중에서 단일 방향 억양은 단순한 오름조나 내림조를, 이중 방향은 오르다가 내리는 '오르-내림'조나 내리다가 오르는 '내리-오름'조를, 삼중 방향 억양은 '오르

-내리-오름'조나 '내리-오르-내림'조 따위를 뜻한다. 이제 동적인 억양부터 하나씩 기술해 나가기로 한다.

4.3. 내림 억양

내림조 억양은 여섯 가지 종류로 구분되는데, 여기서 이들을 구분하는 기준은 억양의 처음과 끝의 상대적인 높낮이와 변화 속도이다.

내림조의 여섯 가지 억양은 다음과 같다.

ⅰ) 낮내림 억양	ⅱ) 높내림 억양
ⅲ) 온내림 억양	ⅳ) 낮반내림 억양
ⅴ) 높반내림 억양	ⅵ) 윗내림 억양

4.3.1. 낮내림 억양: 낮내림은 목소리의 중간 정도의 높이에서 시작하여 낮은 소리로 미끄러져 내려가며, 동시에 강세도 처음에는 강했다가 끝으로 가면서 점차 약해지는바 이러한 강세의 감소현상은 모든 억양에 공통되는 점이다. 이 억양의 형태를 도해하면 다음과 같다.

이 그림에서 쐐기의 위치는 이 억양이 차지하는 음역을, 그리고 쐐기의 모양은 강세의 점감(Diminuendo)을 표시한다. 낮내림조는 억양기호로 /\/를 해당 음절 앞에 더하여 표시한다. 낮내림조는 말하는 이

의 단정적인 태도를 나타낸다.

〈보기〉
\네, \말, \가

4.3.2. 높내림 억양: 높내림은 중간보다 높은 목소리에서 중간 정도의 높이로 미끄러져 내려가는 억양이다.

이 억양은 /V로 표시되며 화자의 단정적인 태도 이외에 관심과 활기를 더해 준다.

〈보기〉
\네, \말, \가

4.3.3. 온내림 억양: 온내림조는 목소리가 높은 데서 낮은 데까지 내려가는 억양이며 /\/로 표시한다.

온내림조는 내림조가 공통으로 갖고 있는 단정적인 태도 이외에 불만 또는 힐난의 태도를 나타낸다.

〈보기〉
＼네, ＼말, ＼가

4.3.4. 낮반내림 억양: 낮반내림은 보통 중간 높이의 목소리에서 시작하여 한 음 정도 내려온 다음 그 음정에서 잠시 지속하다가 끝나는 억양이다. 낮내림은 낮반내림에 비해 미끌어 내려오는 폭이 넓고 강세의 감소 현상이 더욱 뚜렷하며 동시에 억양이 실현되는 시간 역시 더욱 짧다. 기호는 해당 쪽 음절 앞 아래에 /ㄴ/로 표시한다.

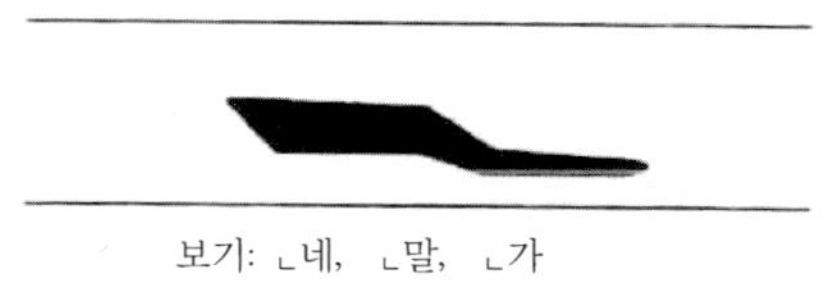
보기: ㄴ네, ㄴ말, ㄴ가

말할 이의 태도를 나타내는 억양의 의미를 기술하는 것이 쉽지 않은 일이지만 이 억양의 의미는 특히 어렵다. 이 억양은 상대방에 대한 '가벼운 불만'과 위장된 '무관심' 그리고 '짜증' 또는 깊이 관련이 안 되려는 태도를 나타낼 때 흔히 사용된다. '그ㄴ래'나 '아ㄴ니' 같은 예를 발음해 보면 억양의 의미가 훨씬 분명해진다.

4.3.5. 높반내림 억양: 높반내림은 낮반내림과 유사하나 단지 처음의 높이가 높내림과 같다. 역시 시작한 다음, 한 음 정도 내려와서 지

속되는 것이 중요하다. 기호는 해당 음절 앞쪽 위에 /╲/로 표시한다.

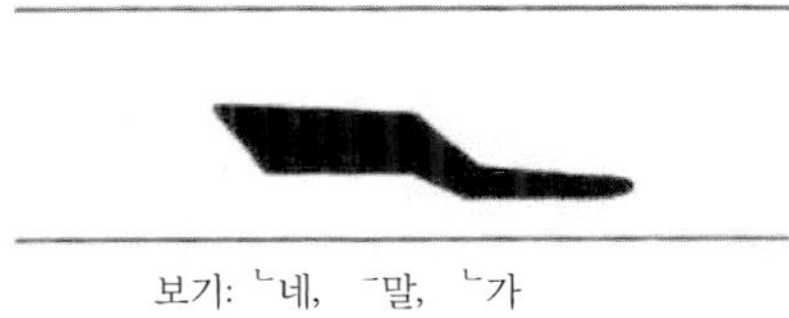

보기: ╲네, ╲말, ╲가

이 억양은 낮반내림조와 유사한 의미를 나타내나, 그보다 한층 더 뚜렷하고 적극적이다. 따라서 태도의 표명이 좀 더 강한 것이 특색이다.

4.3.6. 윗내림 억양: 윗내림 억양은 앞에서 이미 기술한 높내림과 유사하나 한결 더 높은 목소리로 시작하고 끝나는 점이 다르다. 목소리의 높낮이가 아주 높은 나머지, 보통 말소리의 음성과 다른 특이한 음질로 나타나는 수가 많으며 높낮이의 변화 속도는 급하기도 하고 때로는 완만하기도 하다. 기호는 해당 음절 앞쪽 위에 /╮/로 표시한다.

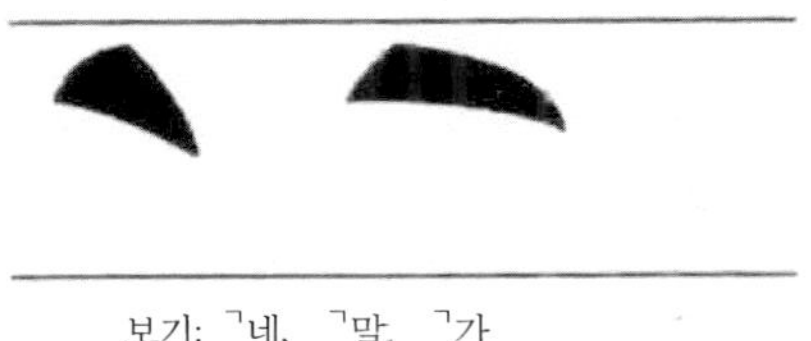

보기: ╮네, ╮말, ╮가

이 억양은 '놀람', '불만' 등을 강하게 나타내기도 하지만, '그╮래', '그렇╮지' 또는 '먹╮어' 같은 말에 쓰일 때에 알 수 있듯이 의문문을 만드는 역할을 하는 것이 특이하다. '그╮래', '그렇╮지'나 '먹╮어' 같은 말을 높내림 억양으로 발음하면 긍정문 또는 명령문('먹/어'의 경우)으로 되나, 윗내림으로 하면 의문문 또는 간혹 감탄문으로 되기 때문에 이것이 바로 높내림 억양과 윗내림 억양을 별개의 억양으로 설정해야 할 척도가 된다. 이 억양은 목소리가 아주 높고 음질이 특이해서인지 높내림 및 기타 억양과 비교하여 볼 때 목소리의 음량도 적은 편이다.

4.4. 오름 억양

단일 방향의 오름조 억양은 다음의 세 가지로 구분되며 그에 따라 세 가지의 다른 의미가 구별된다.

ⅰ) 낮오름 억양, ⅱ) 높오름 억양, ⅲ) 온오름 억양

4.4.1. 낮오름 억양: 낮오름은 낮은 목소리에서 목소리의 중간 높이 정도로 향해 올라가는 억양이며 강세는 내림조에서와 마찬가지로 처음이 강했다가 끝으로 가면서 점차 약화된다. 낮오름 억양은 해당 음절 앞 아래에 ///로 표시한다.

내림조가 일반적으로 단정적인 데 반해 오름조는 대체로 미진·미완의 태도를 나타내며 말하는 이, 듣는 이의 의사표현을 환영한다는 암시가 담겨 있다. 특히 낮오름조는 이러한 의미 이외에 가벼운 관심도 표시한다.

보기: /네, /말, /가

4.4.2. 높오름 억양: 높오름은 낮오름과 유사하나 목소리의 중간 높이에서 시작하여 높은 소리로 올라가는 점이 다르다. 기호는 //로 표시한다.

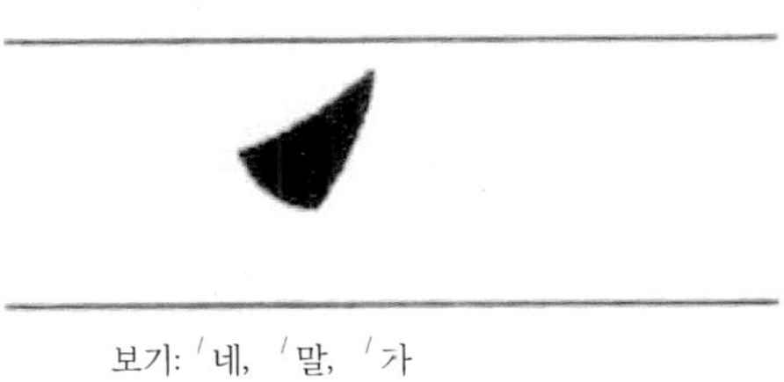

보기: '네, '말, '가

오름조의 일반적인 의미 이외에 높오름조는 말할 이의 흥미나 큰 관심 또는 놀람을 나타낸다.

4.4.3. 온오름 억양: 온오름조는 낮은 목소리에서 높은 소리까지 올라가는 억양이며 기호는 (/)로 표기한다. 온오름조는 오름조의 일반적인 의미 이외에 '놀람', '경멸' 그리고 '분노'를 잘 나타낸다.

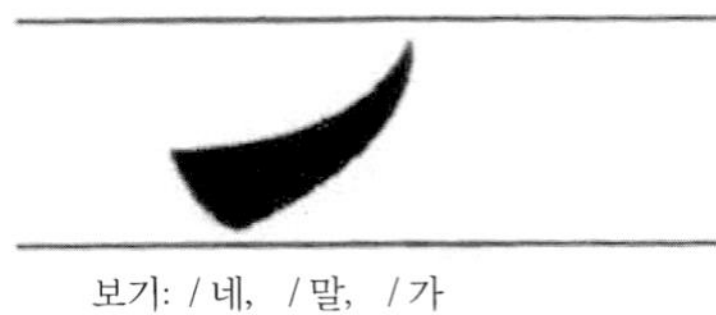

4.5. 억양의 형태와 태도의 의미

이 글에서는 억양의 형태분석이 일차적인 관심사이고 다음에 억양의 기능의 하나인 '말할 이의 태도'의 의미를 기술하는 것이 목적이므로 억양의 문법적인 기능은 논외로 하였다. 예를 들어, 지금까지 기술한 억양 중에서 내림조는 긍정문의 억양이나(ㅈ네) 명령문의 억양(ㄱ가) 또는 의문사가 있는 의문문(ㄱ뭐, ㄱ왜)에 사용되며, 오름조는 의문사가 없는 의문문에 쓰인다는 등의 내용은 다루지 않았다. 이러한 문제는 다른 기회로 미룬다.

4.6. 이중 방향 억양

이중 방향 억양은 네 가지로 구분된다. 아래에 이 네 가지 억양을 기호와 함께 열거하고 다시 하나씩 기술한다.

  i) 낮오르 – 내림 억양: /ʌ/
  ii) 높오르 – 내림 억양: /ᶺ/
  iii) 낮내리 – 오름 억양: /ᴗ/
  iv) 높내리 – 오름 억양: /ᵛ/

이중 방향 억양은 단일 방향 억양보다 일반적으로 의미가 완곡하다. 또 이중 방향 억양 중 오르-내림 억양은 내림 억양과, 내리-오름 억양은 오름 억양과 의미상의 공통점이 있다.

4.6.1. 낮오르-내림 억양: 낮오르-내림은 낮은 데서 시작하여 중간 정도의 높이로 올라갔다가 다시 낮은 데로 내려오는 억양이며, 강세는 다른 이중 방향 억양에서와 마찬가지로 처음이 강하다가 끝으로 가면서 점차 약화된다. 이 억양은 낮내림 억양과 유사한 뜻을 갖고 있으나 그 외에 '부드러운', '달래는', '조심하는' 태도를 나타낸다.

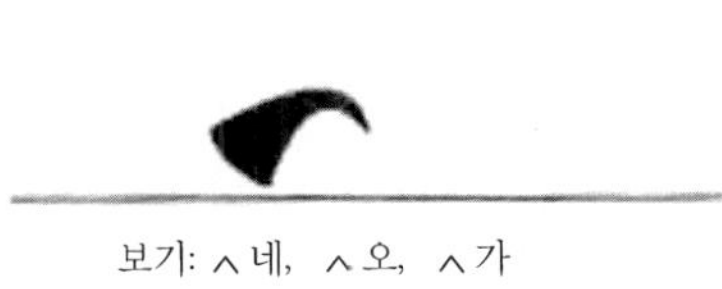

보기: ∧네, ∧오, ∧가

4.6.2. 높오르-내림 억양: 높오르-너림은 낮오르-내림과 유사한 형태이나 목소리의 중간 높이에서 시작하여 높이 올라갔다가 다시 중간 높이로 내려오는 점이 다르다. 낮오르-내림의 태도와 같은 의미를 전달하나 훨씬 적극적이고 강한 관심을 나타낸다. 때로는 '불만'이나 '귀찮음'을 표시한다.

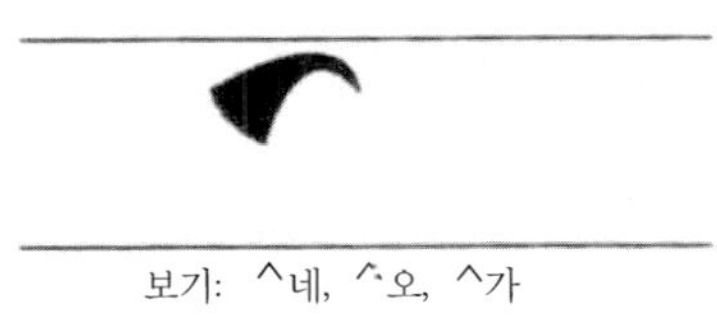

보기: ∧네, ∧오, ∧가

4.6.3 낮 내리-오름 억양: 낮 내리-오름은 목소리 중간 정도에서 시작하여 낮은 데까지 내려온 다음 중간으로 올라가는 억양으로서 낮오름 억양과 의미가 유사하나 완곡하며 부드럽고 달래는 듯한 태도를 전달한다.

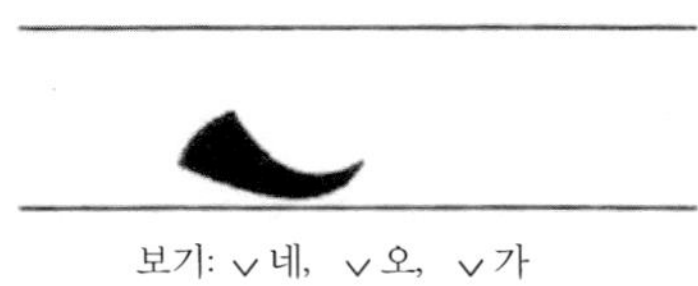

보기: ∨네, ∨오, ∨가

4.6.4. 높내리-오름 억양: 높내리-오름 억양은 높은 데서 시작하여 목소리의 중간 정도까지 내려온 다음에 다시 올라가는 억양이며 낮내리-오름 억양과 같은 의미이나 훨씬 깊은 관심과 흥미를 표시한다. 또 때로는 불만 또는 놀람도 나타낸다.

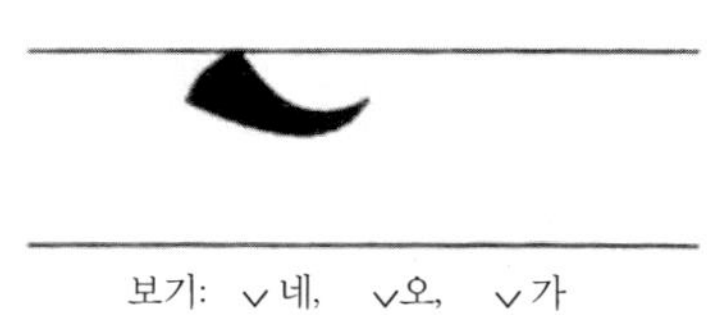

보기: ∨네, ∨오, ∨가

4.7. 삼중 방향 억양

삼중 방향 억양은 역시 네 가지가 있다. 삼중 방향 억양의 종류와 억양 기호는 다음과 같다.

ⅰ) 낮내리-오르-내림 억양: /ᴧ/

ⅱ) 높내리-오르-내림 억양: /ᴧ/

ⅲ) 낮오르-내리-오름 억양: /ᴧ/

ⅳ) 높오르-내리-오름 억양: /ᴧ/

삼중 방향 중에서 내리-오르-내림은 단일 방향의 내림억양과, 오르-내리-오름은 오름 억양과 근본적으로 의미상의 공통점을 갖는다.

4.7.1. 낮내리-오르-내림 억양: 낮내리-오르-내림은 목소리의 중간 높이에서 아래로 내려왔다가 다시 올라가고(이때의 높이는 처음 시작하는 높이보다 약간 낮은 것이 보통이다) 이어서 다시 약간 내려오는 억양으로서 '불쾌감', '조급함', '귀찮음' 따위를 의미한다.

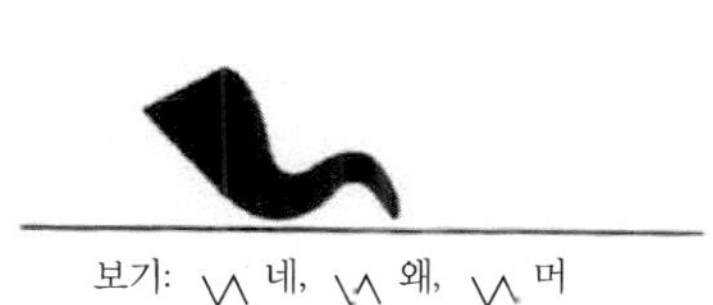
보기: ᴧ 네, ᴧ 왜, ᴧ 머

4.7.2. 높내리-오르-내림 억양: 이 억양은 낮내리-오르-내림조와 형태가 유사하나 단지 아래 그림에서 보듯이 시작과 끝의 높이가 다를 뿐이다. 의미도 낮내리-오르-내림조와 근본적으로 같으나 훨씬 강하며 때로는 '신경질' 또는 '분노'를 나타낸다.

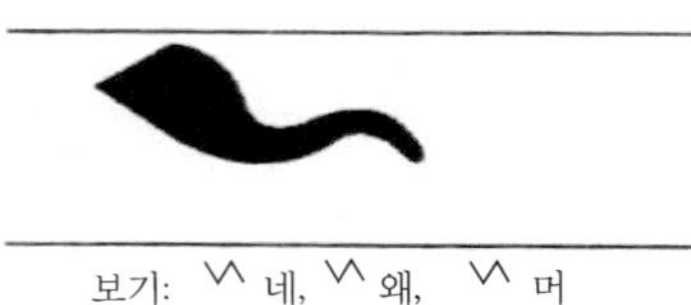

4.7.3. 낮오르－내리－오름 억양: 이 억양은 낮은 데서 목소리의 중간쯤까지 올라갔다가 다시 내려오고(처음 시작하는 높이보다 약간 높은 것이 보통이다) 재차 약간 올라가는 억양으로서, 오름 억양의 기본적인 의미 이외에 가벼운 불만, 놀람 등을 나타낸다.

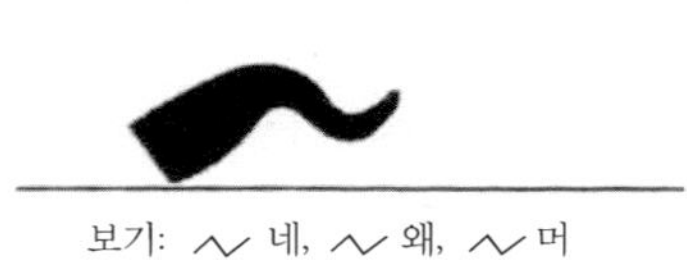

4.7.4. 높오르－내리－오름 억양: 이 억양은 낮오르－내리－오름과 유사하나 단지 처음과 끝의 높이가 다음 그림에 보인 바와 같이 다르며, 의미도 낮오르－내리－오름 억양과 유사하나 노골적인 불만, 경멸, 추궁 또는 경우에 따라서는 놀람의 태도도 전달한다.

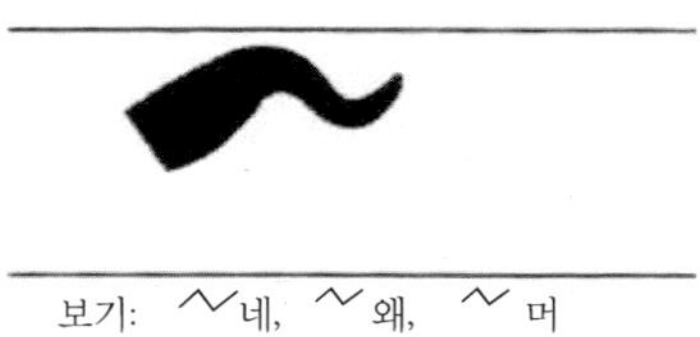

4.8. 수평 억양

  억양의 처음에서 끝까지 뚜렷한 높낮이의 변화가 없는 수평 억양
에는 세 가지 종류가 있다. 목소리의 중간 높이로 실현되는 것은 '중
평', 높은 데서 실현되는 것은 '상평' 그리고 낮은 데서 실현되는 것
은 '하평'이라고 하며 억양 기호 /-/, /￣/, /_/로 표시한다.

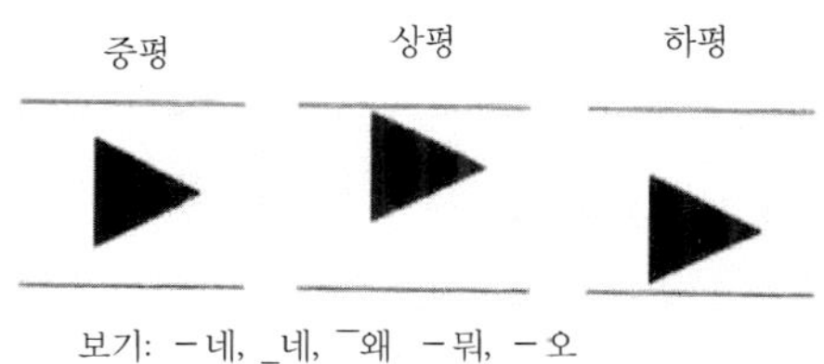

보기: -네, _네, ￣왜 -뭐, -오

  4.9. 지금까지 단음절을 중심으로 표준말에서 자주 쓰이는 20종의
억양을 기술하고 각 억양이 전달하는 대표적인 의미를 관찰했다. 그
러나 실제로 억양은 단음절에만 나타나는 것이 아니고 여러 개의 음
절로 구성된 낱말이나 여러 낱말로 이루어진 말에도 쓰이므로 앞에
서 기술한 억양이 긴 말에서는 어떻게 실현되는가를 관찰 기술해야
한다. 이 문제는 다른 기회에 자세히 다루기로 한다.

참고도서목록

이숭녕, 「현대 서울말의 Accent의 고찰」, 국어학논고, 1960.

이현복, 「현대 한국어의 악센트」, 『문리대학보』 제19호 합병호(통권 28호), 서울대학교 문리과대학, 1973.

이현복, 「서울말의 리듬과 억양」, 『어학연구』 10권 2호, 1974.

이현복, 「국어의 말토막과 자음의 음가」, 『한글』 제152호, 1974.

이현복, 「한국어 단음절어의 억양 연구」, 『언어학』 제1호, 한국언어학회, 1976.

이현복, 「한국어 리듬의 음성학적 연구」, 『말소리』 제4호, 대한음성학회, 1982.

이현복, 『한국어의 표준발음』, 대한음성학회, 1984.

정인섭, 『우리말 악센트는 고저악센트다』, 중앙대학교논문집 제10호, 1965.

최현배, 『우리말본』, 정음사, 1961.

허웅, 『한국음운학』, 정음사, 1970.

황희영, 『운률연구』, 서울, 1969.

Abercromnie D. studies in Linguistics and Phonetics, London, 1965.

Cho Seung-bog. A Phonological Study of Korean, Uppsala, 1967.

Crystal D. Prosodic Systems and Intonation in English, 1969.

Jones D. An Outline of English Phonetics, Cambridge, 1947.

Lee H. B. A Study of Korean Intonation, M. A. thesis, London, 1965.

Lee H. B. "Duration of Korean Vowels", Le Maitre Phonétique No.129, IPA, London, 1968.

Lee H. B. Korean Phonetics, Korea Journal Vol.27 No.2, Unesco, Seoul, 1987.

Lee H. B. Korean Grammar, Oxford University Press, 1988.

Ramstedt G. J. A Korean Grammar, Helsinki, 1939.

Part 2

한국어 음성독본

일러두기

   이 음성독본은 한국어의 표준발음을 익히려는 이를 위한 훈련자료로 꾸몄다. 이미 서구에서는 발음 훈련을 위한 음성독본이 예부터 많이 출판되고 활용되었으나 우리나라에서는 음성독본이란 개념 자체가 아직도 생소한 실정이므로, 이 음성독본을 처음 대하는 이는 이를 기이하게 여길 수 있을 것이다. 그러나 이 독본을 가지고 훈련을 하기 시작하면 점차 그 가치와 효과를 느끼게 될 것이다.

   이 음성독본에는 우리의 속담과 시, 단편소설과 논설 등을 실제로 소리 나는 대로 적어 놓았으므로 이를 지시하는 대로 읽으면 표준발음 또는 그에 가까운 발음을 할 수 있을 것이다.

   원래 이러한 음성독본은 음성기호를 도입하여 전사하는 것이 원칙이나, 여기서는 순수하게 한글 글자만으로 발음표시를 하였다. 여기에는 두 가지 이유가 있다. 첫째는 음성 기호보다 한글이 우리 눈에 더 익어 있어서 읽기가 쉬우며, 둘째는 우리 한글만으로도 표준발음을 훌륭하게 적어 낼 수 있다고 보기 때문이다.

이제 이 음성독본을 올바로 활용하기 위해 알아 두어야 할 몇 가지 내용을 간추려서 소개한다.

1. 긴 홀소리는 해당 홀소리 글자를 두 번 써서 나타낸다.

〈보기〉

사람[사아람], 경기[겨엉기]

2. 된소리는 된소리 글자로 적는다.

〈보기〉

을지로[을찌로], 갔다[갇따]

3. 덧나는 소리는 그에 해당하는 글자를 넣어 나타낸다.

〈보기〉

어떤 일[어떤 닐]

4. 나도 좋고 안 나도 좋은 수의적인 소리는 괄호 안에 넣었다.

〈보기〉

그의[ㄱ]카다, 이[ㅅ]썬따, 가정배[아]ㅇ문, 우리마[아]ㄹ

5. /위/와 /외/는 아직도 단순모음으로 보는 견해가 많으나, 오늘날
   이 두 소리는 이중모음으로 나는 것이 일반적이므로 여기서도
   이중모음으로 다루었으며, 특히 /외/는 소리 나는 대로 표기하기
   위하여 /웨/로 적었다.

〈보기〉
외국[웨에국], 된다[뒌다]

6. 홀소리 /의/는 표준말에서 실제 나는 대로 적는다.

〈보기〉
의미[의], 나의 고향[에], 민주주의[이]

7. 낱말의 경계가 우리말 리듬의 단위인 '말토막'의 경계와 상충되
   는 경우에는 말토막의 단위로 묶었다.

〈보기〉
이 사람은[이사아라믄]

I. 속땀

1. 가는 마아리 고(오)와야 오는 마알도 고옵따.

2. 가아재도 게에펴니라고.

3. 간다 간다 하면서 아이 세엔 나아코 간다.

4. 가아네 붇고 쓸개에 분는다.

5. 가아튼 갑쎄 부운홍 치마.

6. 개애가치 버어러서 정승가치 쓴다.

7. 겨엉상도서 죽쑤는 놈 절라도 가도 죽쑨다.

8. 게에지베 마아른 오오뉴월 서리와 가(아)ㄷ따.

9. 과아부 사아정은 과아부가 아안다.

10. 구스리 서어마리라도 꿰에[어]야 보오배라.

11. 꿈보다 해애몽이 조온타.

12. 귀이신도 비일면 든는다.

13. 귀이시니 토옹고칼(ㄹ)이이리다.

14. 기우니 세에면 소가 와앙노른타나.

15. 나는 '바담품'해애도, 너는 '바람풍' 하여라.

16. 난마[아]른 새애가 듣꼬, 밤마(아)른 쥐가 든는다.

17. 내 코도 서억짜나 빠아젇따.

18. 노오는[ㄴ]이베 여엄불한다.

19. 노오처녀더러 시집까라 한다.

20. 늗께 배운 도둑찔 날샐쭐 모오른다.

21. 떡뽄기메 제에사 지낸다.

22. 더퍼노[ㄱ]코 여얼렁냥.

23. 도오끼가 제 자루 모온찡는다.

24. 도온마[ㄴ]니[ㅅ]쓰면 개애도 멍첨지라.

25. 도온마[ㄴ]니[ㅅ]쓰면 귀이신도 부릴쑤 잇따.

26. 도옹냥은 모온쭐 망정 쪽빼근 깨애지 마알라.

27. 두우 소니 마자야 소리난다.

28. 마알 마아는 지븐 자앙만또 쓰다.

29. 마앙둥이가 뛰이니까 비[ㄷ]짜루도 뛰인다.

30. 머어[ㄴ]닐가보다 가까우ㄴ 니우시 나알따고.

31. 모오기 보고 칼 빼앤다.

32. 모온뗸 송아지 어엉덩이에 뿔란다.

33. 무우당이 제 굳/군 모오탄다.

34. 바늘 간데 시일 간다.

35. 바럼는 마[애]리 철리 간다.

36. 버얼찌블 거언드렫따.

37. 버어미 제 마알하면 온다.

38. 버어메 구우레 드러가야 버어메 사 끼를 잠는다.

39. 버엉신 자식 효오도 한다.

40. 세에살 버른 여든까지 간다.

41. 시이자기 바안.

42. 시장이 반찬.

43. 아아는 거시 벼엉.

44. 어업써 비이다니다.

45. 에헴 다르고 애해 다르다.

46. 여얼낄 물쏘근 아[아]라도 한길 사아람쏘근 모오른다.

47. 오오뉴월 쉐에부랄 떠리지기 기다린다.

48. 으음시근 갈쑤록 줄고, 마아른 갈쑤록 는다.

49. 이근 밤 먹고 서언 소리 한다.

50. 이베 쓴 냐기 벼엉에는 조온타.

51. 이븐 거어지는 어어더머거도, 버슨 거어지는 모오더더 멍는다.

52. 자아라 보고 노올란 놈, 소댕 보고 노올란다.

53. 재는 너믈쑤록 놉꼬, 내애는 거언널쑤록 깁따.

54. 제에비가 자아가도 강남 간다.

55. 종노에서 뺨맏고 하안강에서 눈흘긴다.

56. 조오은 [ㄴ]이이레는 나미요, 구즌 니이레는 일가.

57. 주웅이 고기 마슬 아알면 법땅에 파아리가 안남는다.

58. 지반 귀이시니 사아람 주긴다.

59. 토끼 두울 쫀따가 하나도 모온짬는다.

60. 풍년 거어지 더 서얼따.

61. 하루[ㄷ]깡아지 버엄 무서운 줄 모오른다.

Ⅱ. 시

1. 우리말

<김동명>

네게는 불며레 해[아]ㅇ기가 읻따.
네게는 황그메 음뉴리 읻따.
네게는 여엉원한 생가게 감초인
보금자리가 읻따.
네게는 이제 혜에성가치 나타날
보이지 안는 영광이 읻따.

너는 동산가치 그으[ㄱ]카다.
너는 대애양가치 뛰어 노온다.
너는 미이풍가치 소곤거린다.
너는 처어녀가치 꿈꾼다.

너는 우리에 신부다.
너는 우리에 우운명이다.
너는 우리에 호흐비다.
너는 우리에 전부이다.

아하! 내 사랑 내 히망아.
이를 어쩌리.
네 발뚱에 햐[아]ㅇ유를
부어주진 모오탈망정.
네 모게 황그메 목꺼리를
거[어]러 주진 모오탈망정.
도[오]리어 네 머리 위에
가시과늘 언따니.

가시과을 언따니
아하, 내 사랑 내 히망아,
세에상에 이럴 뻐비
우리는 모온날꾸나. 기마(ㄱ)킨
바아보로구나.
그러나 그러타고 버릴 너/러는
아아니겔찌, 설마.
아하, 내 사랑 내 히망아.
내귀에 네 입쑤를
대[애]어 다아오.
그리고 다짐해 다아오.
다짐해 다아오.

2. 빼앗긴 드르레도 보믄 오는가!

<이상화>

지그믄 나메 땅-빼앗긴 드으레도
보믄 오는가?

나는 오온모메 햇싸를 받꼬
푸른 하늘 푸른 드으리 맏부튼 고스로
가르마 가튼 논끼를 따라
꿈쏘글 가듣
거[어]러만 간다.

입쑤를 다믄 하느라, 드으라,
내 마아메는 내 혼자 온 걸 간찌를 안쿠나.
네가 끄으런느냐 누가 부르더냐 답따뷔라 마아를 해에 다[아]아오.

바라믄 내 귀에 속싸기며
한 자욱또 섣찌 마아라 옴짜라글 흔들고
종다리는 울타리 너머 아가씨가치 구름뒤이에서 반갑따 우운네.

고오맙께 자알 자란 보리바타,
간밤 자정이 너머 내리던 고오운 비로
너는 삼단 가튼 머리터를 가맏꾸나, 내 머리조차 가뿐하다.

혼자라도 기쁘게 나가자.

마른 노을 아안꼬 도오는 차칸 도랑이

전머기 달래는 노래를 하고 제혼자 어깨춤만 추고 가네.

나비 제에비야 깝치지 마아라.

맨드라미 들마꼬체도 인사를 해애야지.

아주까리 기르믈 바르니가 지심 매애던 그 드으리라.

3. 사슴

<노천명>

모가지가 기이러서 슬픈 짐승이여.

어인제나 저엄자는 편 마아리 어업꾸나.

과니 해[아]ㅇ기로운 너는

무척 노픈 족쏘기언나 보다.

물쏘게 제 그으림자를 드려다 보고

이럳떤 전서를 생가캐 내애고는

어찌할 쑤 어엄는 향수에

슬픈 모가지를 하고 머언 데 사늘 바라본다.

4. 예에저녠 미처 모올랏써요

<김소월>

봄가으러[어]ㅂ씨 밤마다 돈는 달도
예에저녠 미처 모올랏써요.

이럭케 사무[디]치게 그리울 쭐도
예에저녠 미처 모올랏써요.

다리 암만 발가도 처에다 볼 쭈를
예에저녠 미처 모올랏써요.

이제금 저다리 서어르민주른
예에저녠 미처 모올랏써요.

5. 머언 후우일

머언 후우일 당시니 차즈시면
그 때에 내 마아리 '이전노라'
당시니 소오그로 나무라면
'무척 그리다가 이전노라'
그래도 당시니 나무라면

‘믿끼지 아나서 이전노라’
오늘도 어제도 아니 잊꼬
머언 후우일 그 때에 ‘이전노라’

6. 모온니저

모온니저 생가기 나겐찌요.
그런대로 한세상 지내시구려.
사아노라면 이질랄 이[ㅅ]쓰리라.

모온니저 생가기 나겐찌요.
그런대로 세월만 가라시구려.

7. 내 고향

<이원섭>

내 고향을 무운찌 마아라.
사아실 나/라는 내[아]ㄴ처하구나.
그에 흐릳탄 윤광마저
참마리지 나는 가지지 모온탄다.

거기에 피는 그 마아는 꼳뜰 쏘오게
보잘꺼더엄는 어느 한 송이에

대애단차니 풍기는 그러한 향기조차
참마리지 나는 가지지 모옴탄다.

쫃끼어 날딴다. 아알겐느냐?
어느 슬픈 아치미 잇썯딴다.
꿈처럼 아드윽칸 어느 나리얻딴다.

내 고향을 무운찌 마아라.
그에 대한 추엉마저 그음지뒈어
끋똥사늘 더에럽핀 멛뙈지 모양
참마리지 나는 쫃끼어 날딴다.

8. 우우슨 줴에

<김동환>

지름낄 무운낄래 대애답핃찌요.
물 한 모금 다알라기에 새앰물 떠 주고,
그러고는 인사하기에 우운꼬 바닫찌요.

평양성에 해 안 뜬대도
난 모오르오.,
우(우)슨 줴에바께.

Ⅲ. 수정 비둘기

<김동인>

그거슨 사아라메 마으믈 끄덥씨 무겁께 하는 어떤 가을라리엇썯따.

가스믈 파머거 드러가는 무거운 벼엉에 시달리는 웨로운 절므니는 어떤 저녁, 어떤 해애아네 조그만 도홰에 거리를 이이럽씨 도라다니고 잇썯따. 때는 바야흐로 저녁캐가 바다에 잠기려하는 황호니엇썯따.

주그믈 의미하는 불치에 벼엉에 걸린, 이 절므니는 무거운 다리를 고올목 고올모그로 끄을고 잇썯따.

이럭케 이이럽씨 도라다니던 절므니는 어떤 집 무납페서 그집대애 문 터게 거얼터 안자 인는 소오녀를 하나 보앋따. 열뚜 세살란 소오 녀엿썯따. 소오녀는 절므니를 처어다 보앋따. 절므니는 소오녀를 내 려다 보앋따.

소오녀에 누는 수정과 가치 말갇따. 지인주와 가치 보드러웓따. 절 므니는 소오녀에게 가까히 간따.

'너 몃 싸리냐?'

'열뚜살'

'이르믄?'

'영애.'

벼엉 때무네 가암겨[ㄱ]카기 쉬운 절므니는 황호네 빈나는 그 소오 녀에 말꼬 아름다운 누네 가암격뒈얻따. 절므니는 지가블 꺼어내어 소오녀에게 얼마간 주려다가 그 말근 스오녀에 마으메 도온때무네 사녀미 생기믈 저어하여 다시 지가블 너억코, 시게[ㅅ]쭈레서 수정으로 새긴 비둘기를 떼어서 소오녀에게 주얻따. 그리고 무거운 다리를 끄을고 그 자리를 떠낟따.

길 모통이를 도라설 때에 절므니는 뜨타지 안코 또 도라보앋따. 소오녀에 말근 누는 가암사하다는 드시 그에 뒤이를 따르고 이[시]썯따.

이태가 지나갇따.

절므니에 벼엉은 차차 무거위 갇따. 아무 친척또 어엄는, 이 절므니는 한사라메 의사와 한사라메 간호부와 한사라메 노오파를 데리고, 이 해애아네서 저 해애아느로 고치지 모오탈 벼엉을 행여나 고치어 볼까하고 도라다니고 이[시]썯따.

또 이태가 지낟따.

다른 사아람 가트면 벌써 저 세에상으로 갇쓸 벼엉이지만 그에 성시메 더그로 아직까지 끄을기는 끄으럳따 끄을기는 끄으럳쓰나 다시 훼복뙐 가아망은 어업썯따. 남쪽 해애안, 이임시로 지은 그에 요오양소에서 그는 고요히 주글 라를 기다리고 이[시]썯따.

그때부터 그는 때때로 사아년전 가을, 어떤 자아근 도훼에서 본 황호네 소오녀에 누늘 화[아]ㄴ가그로 보앋따.

그는 소오녀에 얼굴도 이젇따. 타이프도 이젇따. 그러나 자기를 처어다 보는 그 때에 그 소오녀에 두우 누날 뿌는 아련히 이 절믄니에 누네 나마서 절므니에 마으메 아름다운 츠어글 주얻따. 모옵쓸 꾸메서 깨어나면서 시근따메 저즌 궤로운 모틀 치임대위에 도라누우면서도 그는 뜨타지 안코 "영애" 하고는 빙그레 우우꼬 하엳따.

어떤날 황혼. 이 절므니는 간호부를 불럳따. 그리고 제 치임대를

바다로 햐양한 문 아느로—머리를 바다쪼그로 두게—옴기어 노아 주
기를 청하엳따. 간호부는 절므니에 얼구를 보앋따. 그리고 마아럽씨
치임대를 그에 지시하는 대로 미[이]러다 노앋따.

절므니는 치임대에 누운 채로 도로 나가려는 간호부를 불럳따. 그
리고 바다를 가리키얻따.

"저……기 배가 하나 읻찌요?"

"어어디요?"

"저어……기 돋딴배"

"예."

"그걸 봐아요."

간호부는 그 배를 보앋따. 그러나 무슨 이유인지를 모올라서 누늘
도로 절므니에게로 돌리얻따.

"한참 오오분 똥안만 봐아요."

간호부는 다시 배를 보앋따.

배를 바라보는 누늘 절므니는 누워서 처어다 보앋따. 절믄 이이쁜
누니엇썯따. 그러나 절므니는 그 간호부에 누네서 사아년전 어느 저
녀게 본 그 소오녀에 누네서와 가[아]튼 아름다우믄 발견치를 모오타
엳따. 절므니는 한수믈 쉬이얻따. 그리고 간호부에게 도로 나가기를
명하엳따. 절므니에 췌에후가 이르럳따.

황호네 해애안—천하가 불께 물드려저 읻썯따. 그리고 그 바안사
광은 절므니에 누워 인는 방안까지 새빨가케 물드려 노앋따.

해애아네 물껼 소리, 어부드레 밴노래, 이러한 가운데서 절므니는
고요히 누늘 가맏따. 사아년전 어떤 황호네 본 소오녀에 그 누늘 마

으므로 보면서 이 절므니는 고요히 이 세에상을 떠낟따.

그에 유서가 피로뒈엳따.

그 유서에는 사아년저네 ××도 ××고으케 사알던, 그때 열뚜살랃떤
영애라는 소오녀를 차자서 그 처어녀가 그때 어떤 과아개기 준 수정
으로 만드른 비둘기를 가지고 읻꺼든 자기에 유산전부를 주어서 비
둘기를 사서, 자기와 가치 무더 다알란 마아리 잇썯따. 그리고 절므니
는 그 때에 그 소오녀가 아직껃 그 비둘기를 가지고 잇쓸꺼슬 의심치
안코 미덛떤 거시엳따.

Ⅳ. 글짜생활레 기계화

<허웅>

하안짜는 어업쌜 쑤 어업따는 마아는[ㄴ] 이유드리 인는데도 불구하고, 우리드리 한사코 하[아]ㄴ글 저농을 주장하는 거슨 다음과 가[아]튼 여[어]러가지 이유가 인끼 때무니다. 첟째, 하안짜는 배우기 어렵고 쓰기 힘들기로 이르미 인는 글짜이므로, 배우기 쉬입꼬, 쓰기 쉬[이]운 하안글마늘 쓰자는 거시오, 두울째 하안짜에 사용으로 말미아마 피료 이이상에 하안짜어가 마아니 드러와서 우리마레 고유한 아름다우믈 해애처왇끼 때무네, 하안짜를 안쓰므로 해애서 고유한 우리마아레 아름다우믈 뒈찯자는 거시오. 세에[ㄷ]째는, 하안짜에 활짜를 주리므로 인쇄 시이서를 간편하게 하자는 거시오. 네에[ㄷ]째는, 글자에 기계화는 하안짜를 써서는 안뒐[ㄹ]이이리므로 하안글만 쓰자는 거시다.

이러한 여어러가지 사아시른 모두 주웅요한 하안짜 페에지에 이유드리기는 하나, 우리드른 그중에 네에[ㄷ]째 이유가 가장 주웅요하다고 생각카는데, 그 이유는, 첟째, 하안짜가 배우기 어렵꼬 쓰기 힘들다고 하나, 어릴 때 얼마 똥안 배워 노오으면 뒈는[ㄴ]이이리므로, 그릭케 주웅대한 무운제가 아니라고 바안박칼 쑤도 읻꼬, 두울째, 피료이상에 하안짜어에 축추른 하안짜를 쓰면서도 가아능한 이이리며, 세에째, 인쇄도 어느 정도에 하안짜를 제한한다면 그리 큰 무운제가 뒐

꺼시 아니라고 바안박칼쑤 잇쓰나, 기계화에 무운제마는 그리 간단하
게 보아 넘길 쑤 어엄는 이이리ㄱ 때무니다. 기계를 쓰지 안턴 예엔
나레는 그거시 얼마나 주웅요한 거신지, 아알지 모오태쓰나, 다른 나
라[ㅅ]사아람드리 그거스로써 마아는 시가늘 제[ㄹ]략카고 인는 거슬
아알고 난 뒤이로는 우리드른 한시도 지체할 쑤 어업따는 거슬 절감
하게 뒈얻따.

[하략]

Ⅴ. 음성하근 왜 피료한가?

<이현복>

인가네 어너는 그 기본 형태가 음성, 즉 소리로 뒈어 읻따. 다시 마알하면, 이브로 소리를 래애고 귀로 든는 소리마아레 형태를 갇꼬 읻쓰며, 소리를 매애개체로 해애서 의미도 전달뒈는 거시다. 따라서 어너에 여언구는 마아레 소리에서 시이작뒈며, 마아레 소리를 전문저그로 다루는 음성하근 어너하게 필쑤저긴 기초항무니다. 그리나 우리나라에서는 소리마아레는 소홀하고 글마레 더 관시믈 간는 겨[어]ㅇ향이 읻따. 그래서 글짜는 배워야 하나 말쏘리는 저절로 배워지는 거스로 생각카는 니가 마안타. 실쩨로, 마알쏘리에 세에게는 복짭정치한 거시며, 그리 쉬입께 배워지는 것또 아니다. 웨구거에 글마아른 자알 해애독카나 바르믄 자알 안뒈며, 지역 사아투리를 쓰는 사아라미 표준 바르믈 자알 이키지 모오타믈 보면, 마아레 소리가 얼마나 어려운가를 깨애닫께 뒌다.

오늘랄 우리 마아리 호올란스러운 상태에 인는 걷또 학꾜에서 마알쏘리 중시메 표준말 교오유글 소호리한 결과이다. 뿐마나니라, 음성하근 웨에구거에 여언구와 교오육, 바앙언하게 연구, 어너 장애자에 진단과 치료, 통신공학, 발썽뻡, 바앙송 믿 여언극, 무우대에 화술 등, 응용 부냐가 널따. 또한 음성하근 우리에 국까저긴 무운제인 지역까암정을 해애소하는 데도 주웅요한 구시를 할 쑤 읻따. 지역까암정을 유발하는 워니는 여어러가지가 읻껫쓰나, 마알하느[니]니에 출신

지여글 노오출시키는 거슨 바로 그에 마알씨이다. 마알씨를 듣꼬 우리는 마알하느[니]니에 출씬지를 곧빠로 아라차리게 된다. 그러므로 마알씨는 곧 출씬 증명서에 구시를 한다. 그런데 이러한 마알씨에 차이는 바로 마알쏘리에 차이에서 비롣뛔는 거시며, 이를 분석, 기술하는 거슨 바로 음성하게 소오과니다. 따라서 음성하근 표준 바르믈 교오육카고 보오그[ㅂ]파므로써 어너에 표준화를 이룩카고, 이를 통한 지역 까암정에 해애소에도 큰 구시를 할 쑤 인는 거시다.

[하략]

Ⅵ. 자앙가 들려던 사아자

 아주 머언 예엔날 호오랑이가 다암배 먹떤 시저레 이야기지요. 어느 고세 아름다운 아가씨가 사알고 잇썯땀니다.

 그런데 하루는 그은처 숨 쏘게 사알고 인는 사아자가 지나가다가 아가씨에 아름다운 모스베 마음이 끄을려 마침내 자앙가를 드러야겐 따고 생가카엿씀니다.

 사아자는 저엄잔케 그 아가씨에 아버지를 차자가 "당신네 따니메게 자앙가를 드러야겟쓰니, 그리 아아십씨오" 하고 은근히 을럿씀니다.

 이 마아를 드른 아가씨에 아버지는 소오그로는 펄쩍 뛰엇쓰나 사아자에게 자바 먹킬까 봐 이러케 대애답파엿씀니다.

 "저는 사아잔님 가튼 부늘 사위로 마자드리는데 대애차안성이나, 따라이에 의거니 어떤지 한번 드러 보아야 하겟씀니다. 그러니 어려우시지만 내애일 한번 더 들러 주시지요."

 이 마아를 듣꼬 사아자는 조오아서 도라갓쓰나, 아가씨에 지베서는 뜯타지아는 걱쩡에 싸여 잇께 뒈엇씀니다.

 그도 그럴꺼시 달떵이 가치 아름다운 따를 그 무섭꼬 징그러운 사아자에게 시지블 보내야만하게 뒈엇쓰니 마아림니다.

 그 이튼날 새벼기 뒈자 어느새 사아자는 차자왓씀니다. 아가씨에 아버지는 조오은 얼굴로 사아자를 마자드려 마아랫씀니다.

 "따라이에 의거늘 드러보니 사아자니미라면 더 마아랄 거시 어업쓰나, 다아만 날카로운 이와 발토비 무서워서 주저하고 잇씀니다. 그러니 그건만 빼어 버리신다면 모오든 니이른 해애결 뒐 꺼심니다.

이 마아를 드른 사아자는 "그거야 어렵지 안치" 하고는 마아루에 드러누워서 이와 발토블 모오두 뽑게 하엿씀니다.

아가씨에 아버지는 그제야 숨겨 두엇던 모옹둥이를 번쩍 드러 사아자를 마구 두들겨 주엇씀니다. 사아자는 이와 발토비 어업써진 뒤이라 매만 실컨 어어더맏꼬 산쏘오그로 도망쳐 버렷씀니다.

Ⅶ. 시골 쥐와 서울 쥐

하루는 서울 어느 부우자찌베서 사아는 쥐 한마리가 시고레 인는 동무를 차자갓씀니다. 시골 쥐는 아주 오래간마에 동무가 머언 고세서 차자왓쓰므로, 자기에 모오든 성이를 다하여 손니믈 대애저파엿씀니다.

그날 저녁 상 위에는 시고레서는 좀처럼 구우경할 쑤 어엄는 고기자앙조리미며 핻꼭씨그로 만든 요오리드리 나왓씀니다. 게다가 시골 쥐는 서울 쥐가 배부르게 머글쑤 읻또록카기 위하여 자기는 집뿌스러기로 저녀글 머것씀니다.

저녁상을 물리고 난 뒤, 서울 쥐는 마아랟씀니다. "너에 이런 초온꾸서게서 가난한 생화를 하는 거시 보기에도 안됀꾸나. 그런 걸 먹꼬 어떠케 사라가니? 이버네 나와 가치 서울로 가자. 모오두 얼마나 자알 먹꼬 자알 사아는 가를 보여 줄 테니…."

시골 쥐는 서울 쥐가 이럭케 궈언하는 바라메 그날 빠므로 서우레 갈꺼슬 마음머것씀니다. 그리하여 시골쥐와 서울쥐는 기를 떠나서 바미 이이슥캐질 무렵 서울 쥐가 사아는 지베 이르럿씀니다. 서울 쥐는 곧 시골 쥐를 데리고 식땅으로 드러갓씀니다.

식땅 아네는 여기저기 기름진 으음식뜨리 널려 잇쎳씀니다.

시골 쥐는 머언기를 오느라고 배가 고팓떤 차미라 우선 닥치는 대애로 쉐에고기 조각부터 머그려고 달려드럿씀니다.

"안 돼, 데[ㄷ]치야."

서울 쥐가 재빨리 시골 쥐에 손모글 자바끄을면서 말럳씀니다. "더

[디]치라니?" 의아해진 시골 쥐는 이럭케 무럿씀니다. "사아람드리 우리를 자브려고 일부러 마딘[신]는 으음시글 미끼로 노아두고 우리가 먹끼를 기다리는거야. 그러니 아아무거시나 함부로 머그면 안 돼. 저 어쪽 식타귀로 올라가자."

이 마아를 드른 시골 쥐는 등꼬리 오쓰캣씀니다. 그래서 이버네는 살금살금 서울 쥐만 따라서 식타귀로 올라갓씀니다.

거기에는 저엉말 시골쥐가 아직 구우경도 해에 보지 모오탄 으음식뜨리 즐비햇씀니다. 시골쥐는 가장 마디써 보이는 걷부터 차근차근 먹끼 시이자카엿씀니다. 이때 벼란간 식당 무니 활짝 열리며 사아람드리 드러왓씀니다. 그리고 무섭께 생긴 커어다란 개애도 한 마리 따라 드러와서 큰 소리로 지wm며 방아늘 왇따 간따하엿씀니다.

쥐드른 그만 거르마 나알 살려라 하고 도망을 첫씀니다. 가까스로 위기를 모오면한 시골 쥐는 서울 쥐에게 마알하엿씀니다.

"흥, 이런 서울 생활보다는 귀이리 죽꽈 집깍찌를 머글찌언정 마음 펴니 머글 쑤 인는 시골찌비 더에 조오ㅇ. 이고시 조온타면 넌 머물러 잇쓰렴. 나는 다시 시골로 가서 마음 녹코 사알겟써" 하고 마알하면서 다시 시골로 도라가 버리고 마아랏씀니다.

Ⅷ. 소나기

<황순원>

소오녀는 개울까에서 소오녀를 보자 곧 유운초시네 증손자 따리란 걸 아알 쑤 잇썯따. 소오녀는 개우레다 소늘 담꼬 물장나늘 하고 인는 거시다. 서울서는 이런 개울무를 보지 모온타기나 한드시.

벌써 며칠쩨 소오녀는 학교서 도라오는 기레 물장나니얻따. 그런데 어제까지는 개울 기슬게서 하더니 오느른 징검다리 한가운데 안자서 하고 읻따.

소오녀는 개울뚜게 안자 버럳따. 소오녀카 비키기를 기다리자는 거시다.

요오행 지나가는 사이라미 잇써, 소오녀가 기를 비켜 주얻따. 다음 나른 좀 늗께 개울까로 나왇따. 이나른 소오녀가 징검다리 한가운데 안자 세에수를 하고 잇썯따. 부운홍 스웨터 소매를 거더 올린 팔과 목떨미가 마냥 히얻따. 한참 세에수를 하고 나더니 이버네는 물쏘글 빠아니 드려다본다. 얼구리라도 비추어 보는 거시리라. 갑자기 무를 움켜 낸다. 고기새끼라도 지나가는 듣.

소오녀는 소오녀니 개울뚜게 안자 인는 걸 아아는지 모오르는지 마냥 날쌔게 물만 움켜 낸다. 그러나 번버니 허탕이다. 그대로 재미인는냥 자꾸 무를 움킨다. 어제처럼 개우를 거언너는 사아라미 잇써야 자리를 비킬 모양이다.

그러다가 소오녀가 물쏘게서 무어슬 하나 지버낸앧다. 하아얀 조

약또리얻따. 그리고는 후울 이러나 팔짝팔짝 징검다리를 뛰어 거언너
간다.

다아 건너가더니만 홱 이리로 도라서며,

"이이 바아보."

조약또리 나라왇따. 소오녀는 저도 모르게 벌떡 이러섣따. 다안발
머리를 나풀거리며 소오녀가 막 달린다. 갈발 사읻길로 드러섣따. 뒤
에는 청냥한 가을 햇쌀 아래 빈나는 갈꼳 뿐.

이제 저어쯤 갈반머리로 소오녀가 나타나리라. 꽤 오오랜 시가니
지낟따고 생각뒌따. 그런데도 소오녀는 나타나지 안는다. 발도드믈
핻따. 그러고도 상당한 시가니 지낟따고 생각뒌따.

저어쪽 갈반머리에 갈꼬치 하농큼 움지겯따. 소오녀가 갈꼬츨 아
안꼬 잇썯따. 그리고 이제는 처언처난 거름이얻따. 유나니 말근가을
햇싸리 소오녀에 갈꼰머리에서 반짝꺼렫따. 소오녀 아닌 갈꼬치 드을
끼를 거러가는건만 가탇따.

소오녀는 아주 뵈에지 안케 뒈기까지 그대로 서 잇썯따. 문뜩 소오
녀가 던진 조약또를 내려다보앋따. 물끼가 걷쳐 잇썯따. 소오녀는 조
약또를 지버 주머니에 너얻따. 다음날부터 좀 더 늗께 개울까로 나왇
따. 소오녀에 그림자가 뵈에지 아낟따. 다행이얻따. 그러나 이이상한
이이리얻따. 소오녀에 그림자가 뵈에지 안는 나리 게에속뒐쑤록 소오
녀네 가슴 한구서게는 어딘가 허져나미 자리잠는 거시얻따. 주머니쏙
조약또를 주무르는 버르시 생겯따.

그러한 어떤날, 소오녀는 저네 소오녀가 안자 물장나늘 하던 징검
다리 한가운데에 안자 보앋따. 물쏘게 소늘 담갇따. 세에수를 하엳따.
물쏘글 들여다보앋따. 거엄꺼 탄 얼구리 그대로 비치얻따. 시러따.

소오녀는 두우소느로 물쏘게 얼구를 움키얻따. 멸뻐니고 움키얻따. 그러다가 깜짝 노올라 이러서고 마아랃따. 소오녀가 이리거언너 오고 일찌 안느냐.

수머서 내 하는 꼬를 여얻보고 잇썯꾸나. 소오녀는 달리기 시이작 캗따. 디딤또를 헐찝펻따. 한 바리 물쏘게 빠아졷따. 더에 달렫따. 모 믈 가릴 떼가 잇써 줘엇쓰면 조옥켇따. 이쪽 기레는 갈받또 어업따. 메밀받치다. 저네 업씨 메밀꼰내가 짜릳타니 코를 찌른다고 생각돼 따. 미이가니 아찌렏따. 찝찌란 액체가 입수레 흘러 드럳따. 코피엳따.

소오녀는 한 소느로 코피를 훔쳐내애면서 그냥 달렫따. 어디선가 바아보 바아보 하는 소리가 자꾸만 뒤따라오는 건 가탇따. 토요이리 얻따. 개울까에 이르니, 머칠째 보이지 안턴 소오녀가 건너편까에 안 자 물장나늘 하고 잇썯따.

모르는 체 징검다리를 건너기 시이자캗따. 얼마저네 소오녀 아페 서 한번 실쑤를 해앳쓸뿐 여태 큰길 가드시 건니던 징검다리를 오느 른 조심스럽께 거언넌다.

"얘애."

모올뜨른 체해앧따. 둑 위로 올라섣따.

"얘애, 이게 무슨 조개지?"

자기도 모오르게 도라섣따. 소오녀에 말꼬 거믄눈과 마주첟따. 얼 른 소오녀에 손빠다그로 누늘 떨구얻따.

"비이단 조개."

"이름두 차암 고옵따."

갈림끼레 왇따. 여기서 소오녀는 아래펴느로 한 삼 마장쯤, 소오녀 는 우대로 한 심니 가까이 기를 가야 한다.

소오녀가 거르믈 멈추며

"너어 저어 산너머에 가본 니디리 인니?" 벌 끄틀 가리켠따.

"어업따."

"우리 가보지 아느련? 시골오니까 혼자서 심심해 모온껸디겐따."

"저레 뵈에두 머얼다."

"머얼믄 얼마나 머얼갇께? 서울 잇쓸땐 사문 머언데까지 소풍갓썯따."

소오녀에 누니 금세 바아보 바아보 할 껀만 가탇따.

논 사인낄로 드러섣따. 올뼈 가을거지하는 겨틀 지낟따. 허수아비가 서 잇썯따.

맞춤법 원문

I. 속담

1. 가는 말이 고와야 오는 말도 곱다.
2. 가재도 게 편이라고.
3. 간다 간다 하면서 아이 셋 낳고 간다.
4. 간에 붙고 쓸개에 붙는다.
5. 같은 값에 분홍치마.
6. 개같이 벌어서 정승같이 쓴다.
7. 경상도서 죽 쑤는 놈 전라도 가도 죽 쑨다.
8. 계집의 말은 오뉴월 서리와 같다.
9. 과부 사정은 과부가 안다.
10. 구슬이 서 말이라도 꿰어야 보배라.
11. 꿈보다 해몽이 좋다.
12. 귀신도 빌면 듣는다.
13. 귀신이 통곡할 일이다.

14. 기운이 세면 소가 왕 노릇 하나.

15. 나는 '바담풍' 해도, 너는 '바람풍' 하여라.

16. 낮말은 새가 듣고, 밤말은 쥐가 듣는다.

17. 내 코도 석 자나 빠졌다.

18. 노는 입에 염불한다.

19. 노처녀더러 시집가라 한다.

20. 늦게 배운 도둑질 날 샐 줄 모른다.

21. 떡 본 김에 제사 지낸다.

22. 덮어 놓고 열넉 냥.

23. 도끼가 제 자루 못 찍는다.

24. 돈만 있으면 개도 멍첨지라.

25. 돈만 있으면 귀신도 부릴 수 있다.

26. 동냥은 못 줄망정 쪽박은 깨지 말라.

27. 두 손이 맞아야 소리 난다.

28. 말 많은 집은 장맛도 쓰다.

29. 망둥이가 뛰니까 빗자루도 뛴다.

30. 먼 일가보다 가까운 이웃이 낫다고.

31. 모기보고 칼 뺀다.

32, 못된 송아지 엉덩이에 뿔 난다.

33. 무당이 제 굿 못 한다.

34. 바늘 간 데 실 간다.

35. 발 없는 말이 천 리 간다.

36. 벌집을 건드렸다.

37. 범이 제 말 하면 온다.

38. 범의 굴에 들어가야 범의 새끼를 잡는다.

39. 병신자식 효도한다.

40. 세살 버릇 여든까지 간다.

41. 시작이 반.

42. 시장이 반찬.

43. 아는 것이 병.

44. 없어 비단이다.

45. 에헴 다르고 애해 다르다.

46. 열 길 물속은 알아도 한 길 사람 속은 모른다.

47. 오뉴월 쇠불알 떨어지기 기다린다.

48. 음식은 갈수록 줄고, 말은 갈수록 는다.

49. 익은 밥 먹고 선소리 한다.

50. 입에 쓴 약이 병에는 좋다.

51. 입은 거지는 얻어먹어도, 벗은 거지는 못 얻어먹는다.

52. 자라 보고 놀란 놈 소댕 보고 놀란다.

53. 재는 넘을수록 절고, 내는 건널수록 깊다.

54. 제비가 작아도 강남 간다.

55. 종로에서 뺨 맞고 한강에서 눈 흘긴다.

56. 좋은 일에는 남이요, 궂은일에는 일가.

57. 중이 고기 맛을 알면 법당에 파리가 안 남는다.

58. 집안 귀신이 사람 죽인다.

59. 토끼 둘 쫓다가 하나도 못 잡는다.

60. 풍년거지 더 섧다.

61. 하룻강아지 범 무서운 줄 모른다.

Ⅱ. 시

1. 우리말

<김동명>

네게는 불멸의 향기가 있다.
네게는 황금의 음률이 있다.
네게는 영원한 생각의 감초인 보금자리가 있다.
네게는 이제 혜성같이 나타날 보이지 않는 영광이 있다.

너는 동산같이 그윽하다.
너는 대양같이 뛰논다.
너는 미풍같이 소곤거린다.
너는 처녀같이 꿈꾼다.

너는 우리의 신부다.
너는 우리의 운명이다.
너는 우리의 호흡이다.
너는 우리의 전부이다.

아아, 내 사랑 내 희망아, 이 일을 어쩌리.
네 발등에 향유를 부어 주진 못할망정

네 목에 황금의 목걸이를 걸어 주진 못할망정.
도리어 네 머리 위에 가시관을 얹다니.

가시관을 얹다니⋯⋯
아하, 내 사랑 내 희망아,
세상에 이럴 법이⋯⋯
우리는 못났구나, 기막힌 바보로구나.
그러나 그렇다고 버릴 너는 아니겠지, 설마
아하, 내 사랑 내 희망아, 내 귀에 네 입술을 대어 다오.
그리고 다짐해 다오. 다짐해 다오.

2. 빼 앗긴 들에도 봄은 오는가

<이상화>

지금은 남의 땅-빼앗긴 들에도 봄은 오는가?
나는 온몸에 햇살을 받고
푸른 하늘 푸른 들이 맞붙는 곳으로,
가르마 같은 논길을 따라 꿈속을 가듯 걸어만 간다.

입술을 다문 하늘아, 들아,
내 맘에는 내 혼자 온 것 같지를 않구나.
네가 끌었느냐 누가 부르더냐 답답워라 말을 해 다오.

바람은 내 귀에 속삭이며
한 자욱도 섰지 마라 옷자락을 흔들고,
종달이는 울타리 너머 아가씨같이 구름 뒤에서 반갑다 웃네.

고맙게 잘 자란 보리밭아,
간밤 자정이 넘어 내리던 고운 비로
너는 삼단 같은 머리털을 감았구나, 내 머리조차 가뿐하다.

혼자라도 기쁘게 나가자.
마른 논을 안고 도는 착한 도랑이
젖먹이 달래는 노래를 하고
제 혼자 어깨춤만 추고 가네.

나비 세비야 깝치지 마라.
맨드라미, 들마꽃에도 인사를 해야지,
아주까리기름을 바른 이가 지심 매던 그 들이라.

3. 사슴

<노천명>

모가지가 길어서 슬픈 짐승이여,
언제나 점잖은 편 말이 없구나.

관이 향기로운 너는
무척 높은 족속이었나 보다.

물속의 제 그림자를 들여다보고
잃었던 전설을 생각해 내고는,
어찌할 수 없는 향수에
슬픈 모가지를 하고 먼 데 산을 바라본다.

4. 예전엔 미처 몰랐어요

<김소월>

봄 가을 없이 밤마다 돋는 달도
"예전엔 미처 몰랐어요."

이렇게 사무치게 그리울 줄도
"예전엔 미처 몰랐어요."

달이 암만 밝아도 쳐다볼 줄을
"예전엔 미처 몰랐어요."

이제금 저 달이 서름인 줄은
"예전엔 미처 몰랐어요."

5. 먼 후일

먼 후일 당신이 찾으시면
그때에 내 말이 "잊었노라"
당신이 속으로 나무라면
"무척 그리다가 잊었노라"

그래도 당신이 나무라면
"믿기지 않아서 잊었노라"

오늘도 어제도 아니 잊고
먼 후일 그때에 "잊었노라"

6. 못 잊어

못 잊어 생각이 나겠지요.
그런대로 한세상 지내시구려.
사노라면 잊힐 날 있으리라.

못 잊어 생각이 나겠지요.
그런 대로 세월만 가라시구려.

7. 내 고향

<이원섭>

내 고향을 묻지 마라.
사실 나는 난처하구나.
그의 흐릿한 윤곽마저
참말이지 나는 가지지 못한단다.

거기에 피는 그 많은 꽃들 속의
보잘것없는 어느 한 송이의
대단찮이 풍기는 그러한 향기조차
참말이지 나는 가지지 못한단다.

쫓기어 났단다. 알겠느냐?
어느 슬픈 아침이 있었단다.
꿈처럼 아득한 날이었단다.

내 고향을 묻지 마라.
그에 대한 추억마저 금지되어
꽃동산을 더럽힌 멧돼지 모양
참말이지 나는 쫓기어 났단다.

8. 웃은 죄

<김동환>

지름길 묻길래 대답했지요.
물 한 모금 달라기에 샘물 떠 주고
그러고는 인사하기에 웃고 받았지요.

평양성에 해 안 뜬대도
난 모르오,
웃은 죄밖에.

Ⅲ. 수정 비둘기

<김동인>

그것은 사람의 마음을 끝없이 무겁게 하는 어떤 가을날이었었다.

가슴을 파먹어 들어가는 무거운 병에 시달리는 외로운 젊은이는 어떤 저녁, 어떤 해안의 조그만 도회의 거리를 일없이 돌아다니고 있었다. 때는 바야흐로 저녁 해가 바다에 잠기려 하는 황혼이었었다.

죽음을 의미하는 불치의 병에 걸린, 이 젊은이는 무거운 다리를 골목골목으로 끌고 있었다.

이렇게 일 없이 돌아다니던 젊은이는 어떤 집 문 앞에서 그 집 대문턱에 걸터앉아 있는 소녀를 하나 보았다.

소녀의 눈은 수정과 같이 맑았다. 진주와 같이 보드라웠다. 젊은이는 소녀에게 가까이 갔다.

"너 몇 살이냐?"

"열두 살."

"이름은?"

"영애."

병 때문에 감격하기 쉬운 젊은이는 황혼에 빛나는 그 소녀의 맑고 아름다운 눈에 감격되었다. 젊은이는 지갑을 꺼내어 소녀에게 얼마간 주려다가 그 맑은 소녀의 마음에, 돈 때문에 사념이 생김을 저어하여 다시 지갑을 넣고, 시곗줄에서 수정으로 새긴 비둘기를 떼어서 소녀에게 주었다. 그리고 다시 무거운 다리를 끌고 그 자리를 떠났다.

길모퉁이를 돌아설 때에 젊은이는 뜻하지 않고 또 돌아보았다. 소녀의 맑은 눈은 감사하다는 듯이 그의 뒤를 따르고 있었다.

이태가 지나갔다.

젊은이의 병은 차차 무거워 갔다.

아무 친척도 없는, 이 젊은이는 한 사람의 의사와 한 사람의 간호부와 한 사람의 노파를 데리고, 이 해안에서 저 해안으로 고치지 못할 병을 행여나 고치어 볼까 하고 돌아다니고 있었다.

또 이태가 지났다.

다른 사람 같으면 벌써 저 세상으로 갔을 병이지만 그의 성심의 덕으로 아직까지 끌기는 끌었다. 끌기는 끌었으나 다시 회복될 가망은 없었다.

남쪽 해안, 임시로 지은 그의 요양소에서 그는 고요히 죽을 날을 기다리고 있었다.

그때부터 그는 때때로 사 년 전 가을, 어떤 작은 도회에서 본 황혼의 소녀의 눈을 환각으로 보았다.

그는 소녀의 얼굴도 잊었다. 타이프도 잊었다. 그러나 자기를 쳐다보는 그때의 그 소녀의 두 눈알만은 아련히 이 젊은이의 눈에 남아서 젊은이의 마음에 아름다운 추억을 주었다. 몹쓸 꿈에서 깨어나면서 식은땀에 젖은 괴로운 몸을 침대 위에 돌아누우면서도 그는 뜻하지 않고 "영애!" 하고는 빙그레 웃고 하였다.

어떤 날 황혼, 이 젊은이는 간호부를 불렀다. 그리고 제 침대를 바다로 향한 문 안으로―머리를 바다 쪽으로 두게―옮기어 놓아 주기를 청하였다.

간호부는 젊은이의 얼굴을 보았다. 그리고 말없이 침대를 그가 지시하는 대로 밀어다 놓았다. 젊은이는 침대에 누운 채로 도로 나가려는 간호부를 불렀다. 그리고 바다를 가리키었다.

"저……기 배가 하나 있지요?"

"어디요?"

"저…… 기 ― 돛단배"

"예."

"그걸 봐요."

간호부는 그 배를 보았다. 그러나 무슨 이유인지를 몰라서 눈을 도로 젊은이에게로 돌리었다.

"한참― 오 분 동안만 봐요."

간호부는 다시 배를 보았다.

배를 바라보는 눈을 젊은이는 누워서 쳐다보았다. 젊은 예쁜 눈이었었다. 그러나 젊은이는 그 간호부의 눈에서 사 년 전 어느 저녁에 본 그 소녀의 눈에서와 같은 아름다움은 발견하지를 못하였다.

젊은이는 한숨을 쉬었다. 그리고 간호부에게 도로 나가기를 명하였다.

젊은이의 최우가 이르렀다.

황혼의 해안―천하가 붉게 물들여져 있었다. 그리고 그 반사광은 젊은이의 누워 있는 방 안까지 새빨갛게 물들여 놓았다.

해안의 물결 소리, 어부들의 뱃노래, 이러한 가운데서 젊은이는 고요히 눈을 감았다. 사 년 전 어떤 황혼에 본 소년의 그 눈을 마음으로 보면서 이 젊은이는 고요히 이 세상을 떠났다.

그의 유서가 피로되었다.

그 유서에는 사 년 전에 ××도 ××고을어 살던, 그때 열두 살 났던 영애라는 처녀를 찾아서 그 처녀가 그때 어떤 과객이 준 수정으로 만든 비둘기를 가지고 있거든 자기의 유산 전부를 주어서 비둘기를 사서, 자기와 같이 묻어 달란 말이 있었다. 그리고 젊은이는 그때의 그 소녀가 아직껏 그 비둘기를 가지고 있을 것을 의심하지 않고 믿었던 것이었다.

Ⅳ. 글자생활의 기계화

<허웅>

한자는 없앨 수 없다는 많은 이유들이 있는데도 불구하고 우리들이 한사코 한글전용을 주장하는 것은, 다음과 같은 여러 가지 이유가 있기 때문이다. 첫째, 한자는 배우기 어렵고 쓰기 힘들기로 이름이 있는 글자이므로, 배우기 쉽고, 쓰기 쉬운 한글만을 쓰자는 것이요, 둘째, 한자의 사용으로 말미암아 필요 이상의 한자어가 많이 들어와서 우리말의 고유한 아름다움을 해쳐 왔기 때문에, 한자를 안 씀으로 해서 고유한 우리말의 아름다움을 되찾자는 것이요, 셋째는, 한자의 활자를 줄임으로 해서 인쇄 시설을 간편하게 하자는 것이요, 넷째는, 글자의 기계화는 한자를 써서는 안 될 일이므로 한글만 쓰자는 것이다.

이러한 여러 가지 사실은 모두 중요한 한자폐지의 이유들이기는 하나, 우리들은 그중의 넷째 이유가 가장 중요하다고 생각하는데, 그 이유는, 첫째 한자가 배우기 어렵고 쓰기 힘들다고 하나, 어릴 때 얼마 동안 배워 놓으면 되는 일이므로, 그렇게 중대한 문제가 아니라고 반박할 수도 있고, 둘째, 필요 이상의 한자어의 축출은 한자를 쓰면서도 가능한 일이며, 셋째, 인쇄도 어느 정도의 한자를 제한한다면 그리 큰 문제가 될 것이 아니라고 반박할 수 있으나, 기계화의 문제만은 그리 간단하게 보아 넘길 수 없는 일이기 때문이다. 기계를 쓰지 않던 옛날에는 그것이 얼마나 중요한 것인지 알지 못했으나, 다른 나라 사람들이 그것으로써 많은 시간을 절약하고 있는 것을 알고 난 뒤로는 우리들은 한시도 지체할 수 없다는 것을 절감하게 되었다.

[하략]

「우리말과 글의 내일을 위하여」 (1974)에서

Ⅴ. 음성학은 왜 필요한가?

<이현복>

　인간의 언어는 그 기본 형태가 음성, 즉 소리로 되어 있다. 다시 말하면, 입으로 소리를 내고 귀로 듣는 소리말의 형태를 갖고 있으며, 소리를 매개체로 해서 의미도 전달되는 것이다. 따라서 언어의 연구는 말의 소리에서 시작되며, 말의 소리를 전문적으로 다루는 음성학은 언어학의 필수적인 기초 학문이다. 그러나 우리나라에서는 소리말에는 소홀하고 글말에 더 관심을 갖는 경향이 있다. 그래서 글자는 배워야 하나 말소리는 저절로 배워지는 것으로 생각하는 이가 많다. 실제로, 말소리의 세계는 복잡 정치한 것이며, 그리 쉽게 배워지는 것도 아니다. 외국어의 글말은 잘 해독하나 발음은 잘 안 되며, 지역 사투리를 쓰는 사람이 표준발음을 잘 익히지 못함을 보면, 말의 소리가 얼마나 어려운가를 깨닫게 된다. 오늘날 우리말이 혼란스러운 상태에 있는 것도 학교에서 말소리 중심의 표준말 교육을 소홀히 한 결과이다.

　뿐만 아니라, 음성학은 외국어의 연구와 교육, 방언학의 연구, 언어장애자의 진단과 치료, 통신공학, 발성법, 방송 및 연극 무대의 화술 등, 응용 분야가 넓다. 또한 음성학은 우리의 국가적인 문제인 지역감정을 해소하는 데도 중요한 구실을 할 수 있다. 지역감정을 유발하는 원인은 여러 가지가 있겠으나, 말하는 이의 출신 지역을 노출시키는 것은 바로 그의 말씨이다.

　말씨를 듣고 우리는 말하는 이의 출신지를 곧바로 알아차리게 된다. 그러므로 말씨는 곧 출신 증명서의 구실을 한다. 그런데 이러한 말씨의 차이는 바로 말소리의 차이에서 비롯되는 것이며, 이를 분석, 기술하는 것은 바로 음성학의 소관이다. 따라서 음성학은 표준발음을 교육하고 보급함으로써 언어의 표준화를 이룩하고, 이를 통한 지역감정의 해소에도 큰 구실을 할 수 있는 것이다.

[하략]

「"말소리" 창간에 즈음하여」(1988)에서

VI. 장가들려던 사자

아주 먼 옛날, 호랑이가 담배 먹던 시절의 이야기지요.

어느 곳에 아름다운 아가씨가 살고 있었답니다.

그런데 하루는 근처 숲 속에 살고 있는 사자가 지나가다가 아가씨의 아름다운 모습에 마음이 끌려 마침내 장가를 들어야겠다고 생각하였습니다.

사자는 점잖게 그 아가씨의 아버지를 찾아가

"당신의 따님에게 장가를 들어야겠으니, 그리 아십시오."

하고 은근히 을렀습니다.

이 말을 들은 아가씨의 아버지는 속으로는 펄쩍 뛰었으나 사자에게 잡아먹힐까봐 이렇게 대답하였습니다.

"저는 사자님 같은 분을 사위로 맞아들이는 데 대찬성이나, 딸아이의 의견이 어떤지 한번 들어 보아야 하겠습니다. 그러니 어려우시지만 내일 한 번 더 들러 주시지요."

이 말을 듣고, 사자는 좋아서 돌아갔으나, 아가씨의 집에서는 뜻하지 않은 걱정에 싸여 있게 되었습니다.

그도 그럴 것이 달덩이같이 아름다운 딸을 그 무섭고 징그러운 사자에게 시집을 보내야만 하게 되었으니 말입니다.

그 이튿날 새벽이 되자 어느새 사자는 찾아왔습니다. 아가씨의 아버지는 좋은 얼굴로 사자를 맞아들여 말했습니다.

"딸아이의 의견을 들어보니 사자님이라면 더 말할 것이 없으나, 다만 날카로운 이와 발톱이 무서워서 주저하고 있습니다, 그러니 그것만 빼어 버리신다면 모든 일은 해결될 것입니다."

이 말을 들은 사자는

"그거야 어렵지 않지."

하고는 마루에 드러누워서 이와 발톱을 모두 뽑게 하였습니다.

아가씨의 아버지는 그제야 숨겨 두었던 몽둥이를 번쩍 들어 사자를 마구 두들겨 주었습니다. 사자는 이와 발톱이 없어진 뒤라, 매만 실컷 얻어맞고 산속으로 도망쳐 버렸습니다.

Ⅶ. 시골 쥐와 서울 쥐

하루는 서울 어느 부잣집에서 사는 쥐 한 마리가 시골에 있는 동무를 찾아갔습니다. 시골 쥐는 아주 오래간만에 동무가 먼 곳에서 찾아왔으므로 자기의 모든 성의를 다하여 손님을 대접하였습니다.

그날 저녁 상 위에는 시골에서는 좀처럼 구경할 수 없는 고기장조림이며 햇곡식으로 만든 요리들이 나왔습니다. 게다가 시골 쥐는 서울 쥐가 배부르게 먹을 수 있도록 하기 위하여 자기는 짚부스러기로 저녁을 먹었습니다.

저녁상을 물리고 난 뒤, 서울 쥐는 말했습니다.

"너 이런 촌구석에서 가난한 생활을 하는 것이 보기에도 안됐구나. 그런 걸 먹고 어떻게 살아가니? 이번에 나와 같이 서울로 가자. 모두 얼마나 잘 먹고 잘 사는 가를 보여 줄 테니……."

시골 쥐는 서울 쥐가 이렇게 권하는 바람에 그날 밤으로 서울에 갈 것을 마음먹었습니다. 그리하여 시골 쥐와 서울 쥐는 길을 떠나서 밤이 이슥해질 무렵 서울 쥐가 사는 집에 이르렀습니다. 서울 쥐는 곧 시골 쥐를 데리고 식당으로 들어갔습니다.

식당 안에는 여기저기 기름진 음식들이 널려 있었습니다.

시골 쥐는 먼 길을 오느라고 배가 고팠던 참이라 우선 닥치는 대로 쇠고기 조각부터 먹으려고 달려들었습니다.

"안 돼, 덫이야."

서울 쥐가 재빨리 시골 쥐의 손목을 잡아끌면서 말렸습니다.

"덫이라니?"

의아해진 시골 쥐는 이렇게 물었습니다.

"사람들이 우리를 잡으려고 일부러 맛있는 음식을 미끼로 놓아두고 우리가 먹기를 기다리는 거야. 그러니 아무것이나 함부로 먹으면 안 돼. 저쪽 식탁 위로 올라가자."

이 말을 들은 시골 쥐는 등골이 오싹했습니다. 그래서 이번에는 살금살금 서울 쥐만 따라서 식탁 위로 올라갔습니다.

거기에는 정말 시골 쥐가 아직 구경도 해 보지 못한 음식들이 즐비했습니다. 시골 쥐는 가장 맛있어 브이는 것부터 차근차근 먹기 시작하였습니다. 이때 별안간 식당 문이 활짝 열리며 사람들이 들어왔습니다.

그리고 무섭게 생긴 커다란 개도 한 마리도 따라 들어와서 큰 소리로 짖으며 방 안을 왔다갔다 하였습니다.

쥐들은 그만 걸음아 날 살려라 하고 도망을 쳤습니다. 가까스로 위기를 모면한 시골 쥐는 서울 쥐에게 말하였습니다.

"흥, 이런 서울 생활보다는 귀리죽과 짚깍지를 먹을지언정 마음 편히 먹을 수 있는 시골집이 더 좋아. 이곳이 좋다면 넌 머물러 있으렴, 나는 다시 시골로 가서 마음 놓고 살겠어."

하고 말하면서 다시 시골로 돌아가 버리고 말았습니다.

Ⅷ. 소나기

<황순원>

소년은 개울가에서 소녀를 보자 곧 윤 초시의 증손자 딸이란 걸 알 수 있었다. 소녀는 개울에다 손을 담그고 물장난을 하고 있는 것이다. 서울서는 이런 개울물을 보지 못하기나 한 듯이.

벌써 며칠째 소녀는 학교서 돌아오는 길에 물장난이었다. 그런데 어제까지는 개울 기슭에서 하더니, 오늘은 징검다리 한가운데 앉아서 하고 있다.

소년은 개울둑에 앉아 버렸다. 소녀가 비키기를 기다리자는 것이다.

요행 지나가는 사람이 있어, 소녀가 길을 비켜 주었다.

다음 날은 좀 늦게 개울가로 나왔다.

이날은 소녀가 징검다리 한가운데 앉아 세수를 하고 있었다. 분홍 스웨터 소매를 걷어 올린 팔과 목덜미가 마냥 희었다.

한참 세수를 하고 나더니, 이번에는 물속을 빤히 들여다본다. 얼굴이라도 비추어보는 것이리라. 갑자기 물을 움켜 낸다. 고기새끼라도 지나가는 듯.

소녀는 소년이 개울둑에 앉아 있는 걸 아는지 모르는지 마냥 날째게 물만 움켜 낸다. 그러나 번번이 허탕이다. 그대로 재미있는 양, 자꾸 물을 움킨다. 어제처럼 개울을 건너는 사람이 있어야 자리를 비킬 모양이다.

그러다가 소녀가 물속에서 무엇을 하나 집어낸다. 하얀 조약돌이

었다. 그러고는 벌떡 일어나 팔짝팔짝 징검다리를 뛰어 건너간다. 다 건너가더니만 획 이리로 돌아서며,

"이 바보."

조약돌이 날아왔다.

소년은 저도 모르게 벌떡 일어섰다.

단발머리를 나풀거리며 소녀가 곽 달린다. 갈밭 샛길로 들어섰다. 뒤에는 청량한 가을 햇살 아래 빛나는 갈꽃뿐.

이제 저쯤 갈밭머리로 소녀가 나타나리라. 꽤 오랜 시간이 지났다고 생각됐다. 그런데도 소녀는 나타나지 않는다. 발돋움을 했다. 그러고도 상당한 시간이 지났다고 생각됐다.

저쪽 갈밭머리에 갈꽃이 한 움큼 움직였다. 소녀가 갈꽃을 안고 있었다. 그리고 이제는 천천한 걸음이었다. 유난히 맑은 가을 햇살이 소녀의 갈꽃머리에서 반짝거렸다. 소녀 아닌 갈꽃이 들길을 걸어가는 것만 같았다.

소년은 아주 뵈지 않게 되기까지 그대로 서 있었다. 문득 소녀가 던진 조약돌을 내려다보았다. 물기가 걷혀 있었다. 소년은 조약돌을 집어 주머니에 넣었다.

다음 날부터 좀 더 늦게 개울가로 나왔다. 소녀의 그림자가 뵈지 않았다. 다행이었다.

그러나 이상한 일이었다. 소녀의 그림자가 뵈지 않는 날이 계속될수록 소년의 가슴 한구석에는 어딘가 허전함이 자리 잡는 것이었다, 주머니 속 조약돌을 주무르는 버릇이 생겼다.

그러한 어떤 날, 소년은 전에 소녀가 앉아 물장난을 하던 징검다리 한가운데에 앉아 보았다. 물속에 손을 담갔다. 세수를 하였다. 물속을

들여다보았다. 검게 탄 얼굴이 그대로 비치었다. 싫었다.

소년은 두 손으로 물속의 얼굴을 움키었다. 몇 번이고 움키었다.

그러다가 깜짝 놀라 일어서고 말았다. 소녀가 이리 건너오고 있지 않느냐. 숨어서 내 하는 꼴을 엿보고 있었구나. 소년은 달리기 시작했다. 디딤돌을 헛짚었다. 한 발이 물속에 빠졌다. 더 달렸다.

몸을 가릴 데가 있어 줬으면 좋겠다. 이쪽 길에는 갈밭도 없다. 메밀밭이다. 전에 없이 메밀꽃내가 짜릿하니 코를 찌른다고 생각됐다. 미간이 아찔했다. 찝찔한 액체가 입술에 흘러들었다. 코피였다.

소년은 한손으로 코피를 훔쳐내면서 그냥 달렸다. 어디선가 바보, 바보 하는 소리가 자꾸만 뒤따라오는 것 같았다.

토요일이었다.

개울가에 이르니, 며칠째 보이지 않던 소녀가 건너편 가에 앉아 물장난을 하고 있었다.

모르는 체 징검다리를 건너기 시작했다. 얼마 전에 소녀 앞에서 한 번 실수를 했을 뿐, 여태 큰길 가듯이 건너던 징검다리를 오늘은 조심스럽게 건넌다.

"얘."

못들은 체했다. 둑 위로 올라섰다.

"얘, 이게 무슨 조개지?"

자기도 모르게 돌아섰다. 소녀의 맑고 검은 눈과 마주쳤다. 얼른 소녀의 손바닥으로 눈을 떨어뜨렸다.

"비단조개."

"이름두 참 곱다."

갈림길에 왔다. 여기서 소녀는 아래편으로 한 삼 마장쯤, 소년은 우대로 한 십 리 가까이 길을 가야 한다.

소녀가 걸음을 멈추며

"너 저 산 너머에 가본 일 있니?"

벌 끝을 가리켰다.

"없다."

"우리 가보지 않으련? 시골 오니까 혼자서 심심해 못 견디겠다."

"저래 봬두 멀다."

"멀믄 얼마나 멀갔게? 서울 있을 땐 사뭇 먼 데까지 소풍 갔었다."

소녀의 눈이 금세 바보, 바보 할 것만 같았다. 논 사이 길로 들어섰다. 올벼 가을걷이하는 곁을 지났다. 허수아비가 서 있었다.

|부 록: 한국어 발음 진단법

1. 표준발음은 왜 필요한가?

정확하고 올바른 말씨를 구사한다는 것은 사회생활에 아주 중요한 요소이다. 만약에 발음이 부정확하거나 심한 사투리 발음을 하면,

- 내 뜻을 남에게 정확하게 전달할 수 없고,
- 좋은 인상과 인품을 유지하기 어려우며,
- 성공적인 사회생활을 영위하기 어렵다.

따라서 국민을 대하는 정치인이나 공무원, 학생을 교육하는 교사, 교수, 그리고 대중을 상대하는 종교인이나 방송인, 연예인, 기업인, 사회의 지도층 인사들은 바르고 정확하며 표준적인 말씨를 구사하는 것이 바람직하다. 그동안 한국 사회에서 문제점으로 지적되어 왔던 지역감정 문제도 말씨로 촉발되거나 악화되는 일이 많았다고 볼 수 있다. 발음과 말씨가 표준적으로 통일된다면 그러한 지역감정은 극복되거나 완화될 수 있을 것이다.

그러나 그렇다고 하여 지역 사투리 발음을 낮추어 보는 것은 아니다. 지역 방언은 그것대로 해당 지역에서의 쓰임과 의미가 있으며 고유의 정서를 전달하기 때문이다. 가령, 전라도 방언으로 불리는 판소

리를 서울의 표준 말씨로 노래한다면 전혀 어울리지 않을 것이다.

2. 발음 진단법

자신의 발음이 얼마나 바른지 그리고 얼마나 표준적인 말씨를 지녔는지를 정확하게 알려면 음성학 전문가의 진단을 직접 받아야 한다. 음성학자는 발음을 듣고 정밀한 진단과 평가를 할 수 있다. 의사가 인체의 병을 진단한다면 음성학자는 사람의 말을 진단하고 치료할 수 있다. 저자는 1970년대부터 대한음성학회 사업의 일환으로 한국어와 영어의 발음 진단을 해 왔으며, KBS와 부산시 교원연수원, 경상남도 교원연수원, 서울시 교원연수원 등에서 방송인과 교사를 위한 발음진단을 해 온바 있다.

그러나 전문가를 찾아가서 발음진단을 받는다는 것은 그리 쉬운 일이 아니다. 따라서 전문가의 도움을 받기에 앞서서 스스로가 자신의 발음 상태를 개략적이나마 진단해 볼 수는 없을까? 이 작은 책은 바로 이 질문에 대한 답으로 마련되었다. 이는 손쉽고 간단하며 부담 없는 <자가 발음 진단법>이라고 할 수 있으며, 한국인뿐 아니라 외국인 그리고 언어장애자의 발음진단에도 활용될 수 있을 것이다.

3. 발음 진단용 이야기

발음을 진단하려면 진단에 필요한 언어 자료가 있어야 한다. 진단용 이야기는 되도록 짧고 쉬운 문장이면서도 진단에 필요한 자료가 모두 포함되어 있어야 한다. 다음 5개의 문장으로 구성된 진단용 이야기를 사용하여 발음 진단을 해 보기로 하자.

〈발음 진단용 이야기〉

I	빨간 천막에 틈이 벌어진 것이 왜 내 탓인가요?
II	결혼한 흑석동 성당을 묻길래 똑바로 대답했지.
III	그렇지요. 관광회사는 불경기로 성적이 못해요.
IV	별다른 말도 없이 그림만 그리는 착한 학생.
V	소설을 읽다가 돼지 네 마리를 확실히 봤지.

4. 자신의 발음 진단하기

위의 이야기를 실제로 발음되는 형태로 다음에 다시 적는다. 맞춤법으로 적은 문장은 실제 발음과는 거리가 있기 때문이다. 이 이야기를 천천히 자연스럽게 읽으면서 번호마다 사선 < / >으로 구분해 놓은 두 가지(x, y), 또는 세 가지(x, y, z)로 표시된 발음 형태 중에서 자신이 실제로 쓰고 있는 발음을 택하여 적는다. 보기를 들면, (2)번의 천[ʌ](x)/촌[o](y)/전[ɔ](z)마게(여기서 대괄호 안의 기호는 국제음성기호이다)는 사람에 따라, 그리고 외국인인 경우에는 국적과 모국어의 배경에 따라 <천막에>란 말을 [천마게], [촌마게], [전마게]와 같이 여러 가지로 발음될 수 있음을 뜻하며, 이중에서 자신의 발음을 선택해야 한다. 그리고 자신의 발음에 따라 진단서에 2x, 2y, 또는 2z로 적을 수 있다. 스스로 자신의 발음을 선택하기 어려울 경우에는 주변 사람의 도움을 받아 선택할 수도 있다.

진단에 앞서서 몇 가지 알아 둘 일이 있다:

(19)번의 [말(x)/마알(y)도/말또(z)] 에서는 [말]의 모음 [ㅏ]가 짧게 나면 x, [마알]과 같이 모음이 길게 나면 y, [말또]로 발음되면 z 로 표시할 수 있다. 이같이 길게 나는 모음은 해당 모음 뒤에 같은 모음을 작은 글자로 한 번 더 적어서 나타낸다. 모음의 길이는 말의 리듬을 결정하는 요인이기도 하므로 정확하게 판단하여 적어야 한다. 만약에 이 같은 긴 모음의 발음이 자신에게 어색하게 느껴지면 자신은 이를 평소에 짧게 발음하고 있다는 증거로 판단하여 y로 적어야 할 것이다.

(11)번의 [똑(x)/떡(y)/독(z)]에서 [떡]은 [떡]보다 턱과 입이 더 벌어지고 입술을 둥글게 하여 내는 모음 [ɔ]를 뜻한다. 북한이나 중국 조선족 그리고 일본인의 발음에서 자주 나타나는 모음이다. (6)번 [내(x)/네(y)]는 모음 [애/ɛ]와 [에/e]의 차이를 나타낸다. 오늘날 우리나라에서 혼란이 극심한 모음이다. 이들 소리를 발음할 때에 윗니와 아랫니 사이에 새끼손가락이 안 들어 갈 정도로 틈이 좁으면 [네](y)이고 엄지손가락이 들어갈 정도로 틈이 넓으면 [내](x)로 발음한다고 판단할 수 있다

(8)번 [흑썩똥(x)/흑석똥(y)/헉[ɔ]석동(z)]은 세 가지 서로 다른 발음 형태를 보인다. x와 y는 [흑]을 발음할 때 윗니와 아랫니가 완전히 닫혀 있어서 손톱도 안 들어갈 정도로 좁은 틈으로 발음되나, z 의 [헉]은 새끼손가락이 들어갈 정도로 아래윗니가 벌어져 있으며 혀도 내려와 있음을 나타낸다. y와 z는 두 번째 음절이 [석]으로 잘못 발음되었다. 21)번 [그(x)/그으(y)/거(z)림만]도 같은 경우이고 (22)번도 마찬가지이다. (15)번 [회외사(x)/훼에사(y)와]에서 x의 [회]를 발음할 때는 입

술이 한동안 동그랗게 앞으로 나오나 [단순모음 ∅], y에서는 입술이 둥그렇게 시작하여 곧바로 펴지며 [에]로 이어져 이중모음 [웨/we]로 발음된다.

그러면 이제부터 스스로 자신의 발음을 진단해 보자.

다음에 제시된 30개의 문항을 순서대로 하나씩 발음하면서 자신의 발음 형태를 택해서 다음의 기록표에 x, y, z로 적어 넣는다.

〈기록표〉

I	1	2	3	4	5	6
II	7	8	9	10	11	12
III	13	14	15	16	17	18
IV	19	20	21	22	23	24
V	25	26	27	28	29	30

1. (1) 빠알간(x)/발간(y)/팔간(z)　　(2) 천(x)/촌(y)/전(z)마게

　　(3) 트(x)/투(y)/두미(z)　　(4) 버어러(x)/버러(y)진 것이

　　(5) 으에(x)/왜(y)/웨(z)　　(6) 내(x)/네(y) 탓인가.

2. (7) 결혼한(x)/겔론한(y)　　(8) 흑썩(x)/흑석똥(y)/헉석동(z)

　　(9) 서엉당(x)/성당(y)　　(10) 묻길(x)/묻낄(y)/무운낄래(z)

　　(11) 똑(x)/떡(y)빠로/독(z)바로

　　(12) 대답핻(x)/대애답핀찌(y)/데답핀찌(z)요

3. (13) 그러치요(x)/그러지요(y).　　(14) 관광(x)/간강(y)

　　(15) 회외사(x)/훼에사(y)와　　(16) 불경기(x)/불겡기(y)

　　(17) 서엉저기(x)/성저기(y),　　(18) 모대(x)요/모오

4. (19) 말(x)/마알(y)도/말또(z)　　(20) 업(x)씨/어업씨(y)

(21) 그(x)/그으(y)/거(z)림만   (22) 그(x)/그으(y)/거(z)리는

(23) 차간(x)/착칸(y)   (24) 학솅(x)/학생(y)/학쌩(z)

5. (25) 소설(x)/소오설(y)/서설(z)   (26) 일따가(x)/익따가(y)

(27) 뒈지(x)/돼지(y)/돼애지(z)   (28) 네에(x)/내(y)마리

(29) 학실히(x)/확씰히(y)   (30) 받찌(x)/뽇찌(y)/봐앋찌(z)

5. 발음 진단 결과 및 평가와 등급 확인

위의 진단 단계가 끝났다면 다음의 평가 단계로 넘어 간다. 만약에 정확한 진단에 자신이 없으면 다시 한 번 살펴보고 위의 진단 결과를 종합하여 스스로 채점하여 보기로 한다. 기록표에 기록한 진단 결과는 다음에 제시하는 정답과 대조하며 자신의 발음 오류가 몇개 인가를 먼저 확인해야 한다.

이제 오답의 합계를 <발음평가표>와 대조하면 자신의 평점과 등급이 어느 정도인지 확인할 수 있다. 이 같은 발음 진단 결과를 바탕으로 하여 발음교정을 체계적으로 받을 수 있을 것이다. 발음의 교정은 진단보다도 시간과 노력이 필요한 작업이며 전문가의 지도가 필요한 과정이다.

〈정답표〉

I	1x	2x	3z	4x	5y	6x
II	7x	8x	9z	10z	11x	12y
III	13x	14x	15y	16x	17y	18y
IV	19y	20y	21y	22y	23y	24z
V	25y	26y	27z	28x	29y	30z

〈발음평가〉

	정 답 수	평가	등급
1	30 - 28	A+	수
2	27 - 25	A	우
3	24 - 20	B	미
4	19 - 15	C	양
5	14 이하	D	가

〈올바른 발음 형태〉

앞에서 제시한 진단용 이야기의 표준발음은 다음과 같다: 여기서 강세를 받는 음절은 (‘)로 표시되어 있다.

1. ‘빠알간 ‘천마게 트‘미 ‘버어러진 거시 ‘왜 내‘타아신가요?
2. 결‘혼한 ‘흑썩똥 ‘서엉당을 ‘무운낄려 ‘똑빠로 ‘대애답삗찌.
3. 그‘런치요. ‘관광 ‘훼에사는 ‘불경기로 ‘성저기 ‘모온태요.
4. ‘별다른 ‘마알도 ‘어업씨 ‘그으림만 ‘그으리는 ‘착칸 ‘학쌩.
5. ‘소오서를 ‘익따가 ‘돼애지 ‘네에 마리를 ‘확씰히 ‘봐알찌.

국제한글음성문자
International Korean Phonetic Alphabet

(이현복, 1971~   )

<홀소리 / Vowel>

모음 Vowels	원순 Rounded	앞 Front	가온 Central	뒤 back
닫힌 (Close)	y ʉ u	i y	ɨ ʉ	ɯ u
반닫힌 (Half-close)	ø o	e ø	ɵ	ɤ o
반열린 (Half-open)	œ ɔ	ɛ œ	ə	ʌ ɔ
열린 (Open)	ɶ ɒ	a ɶ	ɐ	æ ɒ

<닿소리 / Consonants>

위치 Place / 방법 Manner	두입술 Bi-labial	입술이 Labiodent	이잇몸 Dental/alveolar	혀말음 Retroflex	뒤잇몸 Post-alveo	잇몸입천장 Alveo/palat	센입천장 Palatal	여린입천장 Velar	목젖 Uvular	목구멍 Pharyngeal	소리문 Glottal
터짐소리 Plosive	b pʰ p		d tʰ t	ɖ			ɟ c	ɡ kʰ k	ɢ q		ʔ
터갈소리 Affricate					dʒ tʃʰ tʃ						
갈이소리 Fricative	ɸ β	f v	s z θ ð	ʂ ʐ	ʃ ʒ	ɕ ʑ	ç j	x ɣ	χ ʁ	ħ ʕ	h ɦ
콧소리 Nasal	m	ɱ	n	ɳ			ɲ	ŋ	ɴ		
혀옆소리 Lateral			l	ɭ			ʎ				
굴림소리 Rolled			r						ʀ		
뷔김소리 Flapped			ɾ	ɽ					ʀ		
지속음 반모음 Approximant	w ɥ	ʋ	ɹ				j	w ɰ	ʁ		

THE INTERNATIONAL PHONETIC ALPHABET (revised to 1993, corrected 1996)

CONSONANTS (PULMONIC)

	Bilabial	Labiodental	Dental	Alveolar	Postalveolar	Retroflex	Palatal	Velar	Uvular	Pharyngeal	Glottal
Plosive	p b			t d		ʈ ɖ	c ɟ	k g	q ɢ		ʔ
Nasal	m	ɱ		n		ɳ	ɲ	ŋ	N		
Trill	ʙ			r					R		
Tap or Flap				ɾ		ɽ					
Fricative	ɸ β	f v	θ ð	s z	ʃ ʒ	ʂ ʐ	ç ʝ	x ɣ	χ ʁ	ħ ʕ	h ɦ
Lateral fricative				ɬ ɮ							
Approximant		ʋ		ɹ		ɻ	j	ɰ			
Lateral approximant				l		ɭ	ʎ	L			

Where symbols appear in pairs, the one to the right represents a voiced consonant. Shaded areas denote articulations judged impossible.

CONSONANTS (NON-PULMONIC)

Clicks		Voiced implosives		Ejectives	
ʘ	Bilabial	ɓ	Bilabial	ʼ	Examples:
ǀ	Dental	ɗ	Dental/alveolar	pʼ	Bilabial
ǃ	(Post)alveolar	ʄ	Palatal	tʼ	Dental/alveolar
ǂ	Palatoalveolar	ɠ	Velar	kʼ	Velar
ǁ	Alveolar lateral	ʛ	Uvular	sʼ	Alveolar fricative

OTHER SYMBOLS

ʍ	Voiceless labial-velar fricative	ɕ ʑ	Alveolo-palatal fricatives
w	Voiced labial-velar approximant	ɺ	Alveolar lateral flap
ɥ	Voiced labial-palatal approximant	ɧ	Simultaneous ʃ and x
ʜ	Voiceless epiglottal fricative		
ʢ	Voiced epiglottal fricative		Affricates and double articulations can be represented by two symbols joined by a tie bar if necessary k͡p t͡s
ʡ	Epiglottal plosive		

VOWELS

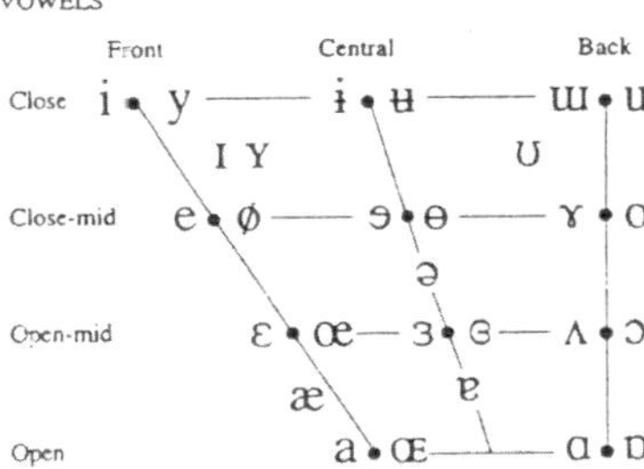

Where symbols appear in pairs, the one to the right represents a rounded vowel.

SUPRASEGMENTALS

ˈ	Primary stress	ˌfoʊnəˈtɪʃən
ˌ	Secondary stress	
ː	Long	eː
ˑ	Half-long	eˑ
˘	Extra-short	ĕ
ǀ	Minor (foot) group	
ǁ	Major (intonation) group	
.	Syllable break	ɹi.ækt
‿	Linking (absence of a break)	

TONES AND WORD ACCENTS

LEVEL			CONTOUR		
e̋ or ˥	Extra high		ě or ꜛ	Rising	
é ˦	High		ê	Falling	
ē ˧	Mid		e᷄	High rising	
è ˨	Low		e᷅	Low rising	
ȅ ˩	Extra low		e᷈	Rising falling	
ꜜ	Downstep		↗	Global rise	
ꜛ	Upstep		↘	Global fall	

DIACRITICS

Diacritics may be placed above a symbol with a descender, e.g. ŋ̊

̥	Voiceless	n̥ d̥	̤	Breathy voiced	b̤ a̤	̪	Dental t̪ d̪
̬	Voiced	s̬ t̬	̰	Creaky voiced	b̰ a̰	̺	Apical t̺ d̺
ʰ	Aspirated	tʰ dʰ	̼	Linguolabial	t̼ d̼	̻	Laminal t̻ d̻
̹	More rounded	ɔ̹	ʷ	Labialized	tʷ dʷ	̃	Nasalized ẽ
̜	Less rounded	ɔ̜	ʲ	Palatalized	tʲ dʲ	ⁿ	Nasal release dⁿ
̟	Advanced	u̟	ˠ	Velarized	tˠ dˠ	ˡ	Lateral release dˡ
̠	Retracted	e̠	ˤ	Pharyngealized	tˤ dˤ	̚	No audible release d̚
̈	Centralized	ë	̴	Velarized or pharyngealized	ɫ		
̽	Mid-centralized	e̽	̝	Raised	e̝	(ɹ̝ = voiced alveolar fricative)
̩	Syllabic	n̩	̞	Lowered	e̞	(β̞ = voiced bilabial approximant)
̯	Non-syllabic	e̯	̘	Advanced Tongue Root	e̘	
˞	Rhoticity	ɚ a˞	̙	Retracted Tongue Root	e̙	

참고도서목록

이숭녕, 「현대 서울말의 Accent의 고찰」, 국어학논고, 1960.

이현복, 「현대 한국어의 악센트」, 『문리대학보』 제19호 합병호(통권28호), 서울대학교 문리과대학, 1973.

______, 「서울말의 리듬과 억양」, 『어학연구』 10권 2호, 1974.

______, 「국어의 말토막과 자음의 음가」, 『한글』 제152호, 1974.

______, 「한국어 단음절어의 억양 연구」, 『언어학』 제1호, 한국언어학회, 1976.

______, 「한국어 리듬의 음성학적 연구」, 『말소리』 제4호, 대한음성학회, 1982.

______, 『한국어의 표준발음』, 대한음성학회, 1984.

이현복·김선희·김영태 편역, 『어린이 발음의 진단과 치료 - 정상아와 장애아의 음성·음운론 - 』, 교육과학사, 1995.

이현복·김선희, 『한국어 발음검사』, 국제출판사, 1991.

이현복·김선희·정태충, 『한국어 발음검사 컴퓨터용 디스켓』, 대한음성학회, 1997.

______, 『한국어 표준발음 사전』, 서울대출판부, 2002.

정인섭, 『우리말 악센트는 고저악센트다』, 중앙대학교논문집 제10호, 1965.

최현배, 『우리말본』, 정음사, 1961.

허 웅, 『한국음운학』, 정음사, 1970.

황희영, 『운률연구』, 서울, 1969.

이현복

한글학회 부회장 및 이사
대한음성학회 창설, 회장 및 명예회장
서울대학교 인문대학 언어학과 명예교수
서울대학교 문리과대학 및 대학원 졸업
영국 런던대학교 대학원 음성학/언어학과 졸업(음성언어학 석사 및 박사)

『한국어의 표준발음』
『국제음성문자와 한글음성문자』
『음성학-이론과 실제-』
『Korean Grammar』
『한국어 표준발음사전』
음성언어학 관련 논문 외 다수

한국어 발음의
이론과 **실용**

초 판 인 쇄 | 2011년 3월 15일
초 판 발 행 | 2011년 3월 15일

지 은 이 | 이현복
펴 낸 이 | 채종준
펴 낸 곳 | 한국학술정보㈜
주   소 | 경기도 파주시 교하읍 문발리 파주출판문화정보산업단지 513-5
전   화 | 031) 908-3181(대표)
팩   스 | 031) 908-3189
홈 페 이 지 | http://ebook.kstudy.com
E - m a i l | 출판사업부 publish@kstudy.com
등   록 | 제일산-115호(2000. 6. 19)

ISBN   978-89-268-2383-5 93810 (Paper Book)
               978-89-268-2384-2 98810 (e-Book)